人はなぜ過去と対話するのか

戦後思想私記

近藤洋太
Kondo Yota

言視舎

目次

人はなぜ過去と対話するのか——戦後思想私記

「自己欺瞞」の構造——一九七二年　小山俊一ノート

1

私の父の世代、戦争中の知的青年たちはあの戦争とどのように向きあったのか。それは私の二十歳代後半から三十歳代にかけてのテーマであった。私はそれを戦争中、事故死とも自殺ともつかない死を遂げた博多の詩人、矢山哲治によってケーススタディーした。私は『矢山哲治全集（全一巻）』（未来社　監修　阿川弘之、島尾敏雄、那珂太郎、眞鍋呉夫）の編集にかかわり、その評伝を私たちの同人詩誌「ＳＣＯＰＥ」に連載し、『矢山哲治』（小沢書店）という本にまとめた。

矢山哲治を中心に、全集の監修者をはじめ、おもに旧制福岡高等学校、長崎高等商業学校の出身の数十人の青年たちが拠った同人雑誌「こをろ」（昭和十四［一九三九］年十月創刊、十九年四月終刊。第三号までは「こおろ」）に発表された矢山の詩や小説、エッセイだけでなく、提供された書簡、日記、メモ類まで読み、さらに「こをろ」に拠った人たちの証言を重ね合わせていくうちに、私は矢山の死が象徴している昭和十年代の青年たちが直面した戦前・戦中の時代との葛藤に目を向けざるを得なかった。

矢山哲治を調べていく過程で私は小山（おやま）俊一（註1）を知った。彼は、私には戦前・戦中は天皇制下の軍国主義に飲み込まれ、戦後はコミュニズムに翻弄されながらも、ある時期から固有の思索を深めていった人というふうに映る。若い頃に読んだ小山は、他者を厳しく拒みながら、一方でコミュニケーションを求めてやまない人に思えた。晩年に至るほどその短い断言命題は私を惹きつけてやまない、強烈な印象を与えるものだった。

昨年（二〇〇三年）の暮れに紀州富田に住む倉田昌紀から、小山俊一の晩年の五年間の日記と、さまざまな本の抜書きノートのコピーを借用させてもらった。（註2）それらはいずれもB5判の大学ノートに書かれ、日記は二冊、三百ページ近くに及ぶもの、また抜書きノートは六冊、六百ページ近くに及ぶものだった。それらを読み進めるうちに、私は彼が以前より身近に感じられ、その著作を最初から読み直してみた。また倉田氏の誘いで今年二月下旬、最初と二番目の隠遁先、紀州田辺、富田を訪ねた。これらのきっかけから、私のなかの小山像をいくらかでも鮮明にしたいという思いが強くなってきた。

小山俊一は、ガリ版刷りの最初の個人通信「EX―POST通信」（一九六八年―一九七一年　十七号　号外二号）を出したあと、昭和四十七（一九七二）年、東京を離れ紀州に「隠遁」した。隠遁に際して、「光太郎・丑吉のサルマネをする気だ」と記し、「山頭火・放哉の方角か」という問いかけに対し、彼らとは共に天を戴かないと言い、あとでそれを打ち消し「あれらとは敵対はおろか、そもそも関係というものがない」(「オシャカ通信」№1)と書いている。

確かに種田山頭火や尾崎放哉のように、酒に身を持ち崩した生涯と小山とを比較すること自体馬鹿らしい。高村光太郎はどうか。光太郎の場合には、妻智恵子に先立たれ、戦争協力詩を書いてその責任を問われたあげくの、いわば強いられた隠遁であった。サルマネと言うにしては、彼の隠遁は、もっと意識的、積極的なものではなかったか。

では中江兆民の子、丑吉の場合はどうか。丑吉は青年期以降、ほとんどの期間を北京で暮らした。その生活は高等遊民とでもいうべきもので、父の友人、西園寺公望の援助を受け、中国古代の政治思想史の研究に打ち込んだ。日中戦争が進むなかで、マルクスの『資本論』やヘーゲルの『精神現象学』を読み耽り、その本のページの余白に、日本の敗戦を予見する日記をつけていた。丑吉は勤め人に擬して朝早く起き、愛犬と散歩、そして仕事(読書)、夜は早く床に就くという毎日を守った。研究の成果は私家版で少部数刊行した。

小山俊一の晩年の五年間の日記は一日数行のものだが、不断の精神の鍛錬によるものだろう、ほとんど書き損じがない。記述は簡潔で、その日の行動、思索のあとが明瞭に見てとれる印象の強い日記だ。日記によれば、彼もまた散歩(ときに「大散歩」)と読書を日課としていた。月の終わりには、その月に読んだ数冊から十数冊の読み応えのある本がリストアップされている。また少部数の「通信」の発行や『私家版・アイゲン通信』の刊行なども、丑吉と共通するところがあるように思える。

ただ小山は丑吉と違い、生活は楽ではなかった。彼は生活に必要なお金は、塾を開いてその収入で暮らしていた。丑吉には、生来の厭人癖があったように思えるが、小山にそれはない。彼は隠遁の理由として「東京暮しとくされ縁がいやになった」（「オシャカ通信」No.1）と言ってはいるが、日記を読むと、年に一、二度来訪する「ベントー屋のY」（「こをろ」同人の吉岡達一）をはじめ、二、三の人たちと交友関係は保っていて、それはかろうじて世間の窓口になっている。積極的だったとはいえないにしても、近隣の住人とのつきあいを避けていたのではない。

小山が丑吉を評価するほどには、私は丑吉を評価しない。『中江丑吉書簡集』の年譜には、彼が北京で「城壁にへばりついて、聖戦を白眼視するスネモノ」と目されていたと記されているが、そうしたことができる条件が丑吉にあったというだけのことだ。戦争に対しての批判を周辺の者に口にしたとしても、彼は時代の傍観者の位置から踏み出したわけではない。

隠遁して三年半ののちに、小山俊一は、「〈隠遁〉を決心したとき、タチに従うのだと自分に言った。まずタチがあって、それが〈隠遁〉を指さしている、と思ったのだ。本当は逆だった。自分のタチに出会うために〈隠遁〉というやり方がおれには必要だったのだ」（「プソイド通信」No.7）と述べている。彼は五十三歳で隠遁したとき、本気で自分の持ち時間をあと二、三年だと思っていたという。実際、彼は病弱であったが、自分という人間が何者であるのか、正体不明で死ぬのはまっぴらだという強い思いと、散歩と読書というルーティンが、小山をして隠遁後二十年近い歳月を生かしめたのだろうか。

しかし前もって言っておけば、私は彼の反国家的・反社会的な言説に必ずしも賛成ではない。たとえば、「EX—POST通信」No.4の次の一節などがそうだ。

〈……私たち生き残った戦争世代の者の処世上の最低綱領は〈国家のために指一本うごかさぬこと〉の外になく、思想上の最低綱領は〈「民族」「国民」を志向するいかなる動向にも加担しない〉ことの外にない）。

矢山哲治を死に至らしめ、小山自身を死の淵にまで追いつめた「天皇制国家」に怨嗟の感情を持つことを私は「理解」する。だが、「民族」や「国民」を志向することをアプリオリに禁じ手とする思想とは何なのか。今日の私は、このような恫喝めいた物言いに感応することができない。また彼は「Daノート」№1で、二人を刺殺して死刑判決を受け、自ら控訴を取り下げた佐々木和三被告について、次のように記している。

震撼された。（この男は出獄直後に泊まった宿屋の女二人を殺して捕えられていた。）この極悪の殺人囚の「正常な判断」能力はわからないが、その「自立・自決」能力の強さは明らかだ。それは驚くべきものだ。彼は自分の存在を手につかんで、世界全体をしりぞけている。それは全的で徹底的だ。深く驚嘆した。青森刑務所の絞首台の綱が彼以上に固い首の骨をつるすことはないだろう。

小山は、連続射殺魔永山則夫について繰り返し言及している。両親から見捨てられ、極寒の網走で一冬を過ごさなければならなかった境遇にあった永山にとって、満足な教育など与えられるはずもなかった。その永山が「おれはなぜあれをやったのか」と自問して、獄中で猛烈な勉強を始める。知ることは喜びであり、また限りない苦しみである。この「自己教育」を彼は「感動的だ」と書いている。その小山が、たんに生きること（考えること）を放棄しようとしているだけの死刑囚になぜ「驚嘆」し「震撼」されるのか。小山の思想の真髄は、このようなところにはないはずだ。

2

小山俊一の思想の中核をなすものは「自己欺瞞論」だと思う。このことについて、彼は「プソイド通信」№11で次のように書いている。

「自己欺瞞」の方はわかりかけてきた。「自己欺瞞論」をかくのが念願だ。地上にはながいあいだホントもウソも存在しなかったが、ヒトが出現してそれが口をきく（言葉を使う）ようになってからウソがあらわれ、ヒトは人間らしくなった。さらにながいことたって、ウソが他人向けだけではなく自分の内側にも入りこむようになってから「自己欺瞞」があらわれ、人間はいよいよ人間的になった。

この自分の内側に入りこんだウソ＝自己欺瞞について、小山は「アイゲン通信」№８で、「自己欺瞞とは〈事実〉とちがう（反する）〈つもり〉のことだ。当人も腹の底では、〈事実〉を知っていること、しかも頭では〈つもり〉が本気であることがかんじんな点だ」と述べている。彼は「行動人（言葉なく行動だけの極限。自己欺瞞ゼロ――たたかう兵士や遊ぶ子供のなかに出現する瞬間がありうる）」と「意識人（行動なく言葉だけの極限。自己欺瞞ゼロ――冥想や夢のなかで近似的に出現する瞬間があると考えることができる）」の二つの極限の間に「生活人」を置く。「生活人」とはいやおうなく「さまざまな〈事実〉と〈つもり〉とで合成された本質的には自己欺瞞的な存在」なのだ。さらに小山は「虚偽意識」について「自己についての虚偽意識とは（自己欺瞞が一けたすすんで）〈つもり〉で頭をやられて〈事実〉の知覚を失った状態」（「アイゲン通信」号外№２）をいうと述べている。

小山が具体的にこのウソ――自己欺瞞――虚偽意識をどう使っているか。「古い友人」、島尾敏雄の死に際して記した文章（「Daノート」№３）を引いてみる。

　島尾の死を新聞でみたとき、「脳コーソクとは楽だったな」「やっとウソから解放されてやれやれだな」と思った。島尾に対する私の関心はただ一つ、彼の〈信〉についてだ。／彼のキリスト教は「〈信〉の三段階――①ウソ、②自己ギマン、③虚偽意識」のどのへんと思うか、と私がいうと、Ｙは言下にオール①さ、きまっとるよ、と断言した。私は、①、80％　②、15％　③、5％ぐらいだ、といったが、Ｙは一蹴した。／オール①、反対じゃない。いま日本にはヤソ文士がたくさんいる。しかもほとんどがカトリックだ。恥を知らぬウソ人間どもだ。オール①でたくさんだ。ただ島尾がちょっとちがうのは、ウソは承知、女房のためだ、ということがはっきりしていた点だ。しかし、最近は②と③が少しまじってきたらしい、というのが私の推測だ。／（中略）――島尾の〈信〉はさいごには、5％ぐらいのほんものの〈虚偽意識〉分を含有していた、ように私には見える。

小山の島尾に対する「評価」については措く。「自己欺瞞」についての小山の認識は、「生活者」としての私には、興味深く重要な問題だ。私事を語りたい。私は社会保障に関わる半官半民の会社に勤めている。昨年（二〇〇三年）、勤続三十年表彰を受けた。小山の規定によれば、私など自己欺瞞の見本のような存在だろう。入社試験を受けた動機は、この会社は転勤というものがなさそうだ、当時の流行語としてあった「モーレツ社員」となって働かなければならないほどの職場ではなさそうだし、自分のやりたい文学と両立できるのではないかと思ったからだった。入社当初、私は社会保障というものにまったくといっていいほど魅力を感じなかった、というより違和感すらもっていた。ところが時が経つにつれ、公的な年金保険、医療保険、介護保険などという仕組みは、社会が安定し、成熟するために必要な制度ではないか思うようになってきた。今日、私が入社当初持っていた社会保障という概念に対する違和はずっと薄れている。だが一方で、どこかに果たして社会保障はほんとうに人間を豊かにするのだろうかという疑問は残っている。

今日の老人の顔は一般に卑しい、と思う。たとえば「さんまのスーパーからくりテレビ」に「ご長寿早押しクイズ」というコーナーがある。誰もが知っていそうな問題に老人たちがトンチンカンな回答をして笑いをとる。私は一緒になってへらへら笑いをしている老人たちの顔が嫌いだ。あの番組企画自体がヤラセというなら、なおさらのことだ。今日、老人たちの顔に例外があるとすれば、テレビを通じて知る北朝鮮拉致被害者の親たちの顔だ。けれどもあのような不幸を背負わなければ、老人たちは威厳を持った顔を保てなくなっているのだろうか。社会保障とは、結果として老人たちの意識だけでなく、私たちの意識をも弛緩させているのではないか。一日一日を充実して生きようとする意欲を疎外して、ゾンビの群れを生み出しているのではないか。

小山の「自己欺瞞論」からもうひとつ、私事を語りたい。会社勤めをしていればだれしも経験のあることだが、仲間からよく上司や同僚の愚痴や自分の処遇についての不満を聞かされてきた。もちろん私にも分からないはずはないし、愚痴のひとつ私も言わないわけではないのだ。ただ人よりは相対的にいえば無関心だったのだと思う。だがある時、私が無関心でいられるのは、私のなかに「文学」という〈信〉の世界があるからではないかということに思いあたった。〈信〉の世界に入り込めば、どんな生業の辛苦も不遇も耐えられるというものだ。私という人間は、〈事実〉としては凡庸な宮仕え、〈つもり〉では、「詩人・文芸評論家」だからではないのか。

私は小山によって示唆された私という存在の居場所について、不愉快に感じるどころか、とても風通しのよいところに立たされたと思っている。彼のように「自己欺瞞なき死」を願うことはとてもできそうにないが、自己欺瞞を自覚して生きることならばできそうな気がする。そのような意味で小山の思想は、私という人間にとって、きわめて実践的に役に立つのだ。

3

「通信」にしばしばみられる、小山俊一の人間観察は鋭い。ここでは彼の「自己欺瞞」に関わる人間観察について触れてみたい。「アイゲン通信」号外№2に「暦売りの男」の話がでてくる。

九年前紀州田辺にいたとき、市内の神社の前で暦を売ってる男がいた。私の家から近いのでよくその姿を見た。日焼けした顔にサングラスをかけて貧相な五十男で、鳥居の下の敷石の上に高島暦や運勢の本みたいなものを並べて、その横に小さな腰掛けをおいて、それに後向きにかけていた。私は通るたびに道の向かい側からしばらく眺めた。彼はいつも古背広の背を向けて新聞をみているか、頭をあげて遠くを眺めるかしていた。客がいるのを見たことがない。とても商売になるとは思えなかった。ひるめしを食うところを何度か見たが、いつも小さな缶詰を一つあけて、弁当箱のめしをさっさと平らげると、境内の水道の水をのんだ。私は必ず「テスト氏」の「まるで下剤でもかけるような調子でさも清々した顔で食っている」を思い出した。あるとき暦のわきに何かちがった品物が見えるので近づいてみると（古い切手セットみたいなものだった）、彼が低い声で話しかけた。ひどい土地言葉で、お前はよくおれを見ているなといった。自分もこの商売をやりたいのだというと（本気で考えていたのだ）私の顔をみて、食える商売じゃない、日がたつだけだ、という意味のことをいった。静かな口調と「日がたつだけ」というのが頭に残った。どうしてこんなことをしているのかとききたかったが、きけなかった。

小山は、このあとで紀州富田にいたとき知り合った「片足の男」について書いている。彼は少年の時分、ヒラクチにかまれて右足を切断し、長年、ひとり暮らしだ。松葉杖で飛ぶような身軽さで歩き、片足で畑を作っている。部落の寄合で隣り合わせ、彼がなぜお前は俺の家のそばに来るのかと聞くので、オタマジャクシを見に来ると話すと、彼は大きな澄んだ目で笑った。大変だなと話しかけると「なんとか日がたつものだ」という意味のことを言ったという。小山はふたりの言葉を思い合わせて、「彼らはどちらも、ハイデガーのいう「〈死への先駆〉による自己放棄によって自己欺瞞をしりぞけたところにあらわれる本来性」のたしかな実例だ、そしてふたりがいった「日がたつ」という言葉は（いくらか意味はちがっていながら）どちらも、自己欺瞞をふりきった者（暦売りの方は多分近年のある「断念」によって、片足の方は少年時からの強いられた「覚悟」によって）の日常の生存感覚のいかにもザハリヒな表現なのだ」と述べている。

小山は彼らを「見る」が、実は彼らからも「見られて」いる。小柄で痩せていて眼光鋭い男がじっと自分を見ている。誰しも警戒するか、少なくとも怪訝に思うはずだ。「お前はおれを見ているな」、「お前はなぜおれの家のそばにくるのか」。するとすかさず、小山は応える。「自分もこの商売をやりたい」、「オタマジャクシを見に来る」。彼は日頃からそうした鍛錬ができていて、こうした返答で相手の警戒心を解き、「日がたつ」という言葉を引き出す。おそらく小山は気づいていないが、いささか揶揄して言えば、このような警戒心の解きかたの手口は、共産党党員時代のオルグに似ているだろう。では、なぜ私はこの人間観察に魅かれるのか。小山のまなざしが、温かくも冷たくもない客観性を持っていて、彼らの生活の断面を描写することで、その生涯を暗示する域にまで達しているからだ。むろん、このような人物が紀州にだけいるのではない。小山のような目線の下げ方、観察に徹すれば、自己欺瞞を排し、本来性を獲得している人物を見つけることは、そう難しいことではないはずなのだ。

4

二月の紀州行は、小山俊一の目線に合わせて、彼が観察したものをこの目で確かめてみたいという思いからだった。たとえば、次の墓碑銘をもつ墓は、田辺の町はずれの高山寺にある。

慈海浄清居士　大東亜戦争ニ於テ昭和十九年四月十九日南方アンボイナ島ニテ戦傷　海軍一曹
日本傷痍軍人佐湖與助之墓　嗚呼佐湖與助ハ哀レ一人者トナリ悲運空シク三段壁ニ散ル　昭和四十五年四月七日享年四十七歳　昭和四十七年四月建立　佐湖氏

戦争で負傷し、どういう理由か不明だが独り身となり、それがもとで敗戦から二十五年経って亡くなった人のものだ。三段壁とは、田辺市の南にある海に面した断崖で景勝地として知られているが、自殺する場所としても有名なのだと倉田昌紀に聞いた。小山はたまたまこの高山寺に来て、戦死あるいは戦争がもとで死んだ人の墓碑銘をいくつも写しとり「万力でしめ上げられるような気持になる」（「オシャカ通信」№3）と述べている。このような墓碑銘をもつ墓は、探せば全国いたるところの墓所にあるだろう。けれども、小山のような目線で墓碑銘を写しとった人が果たして何人いただろうか。

小山は、日本にはもう「自立的ないなか」が存立する余地がないと言っている。この感じは二番目の隠遁先、富田に行ってみるとよく分かる。富田は山が迫り、川が流れ、すぐに海岸に出る、おだやかな農村だ。昔、ここは漁業が盛んだったが、ある時から黒潮の流れが変わり、魚がさっぱりとれなくなった。それは富田固有の事情だが、本当はもっと大きな力がわが国を過密と過疎の両極に押しやっている。過密地域から中間がなくていきなり過疎が始まり、その土地特有の風俗、文化を育むことを阻んでいる。

ところで、小山の倉田氏宛の葉書（一九八〇年二月十七日）に「橋のたもとの「憲法医者」、「片足の男」（中略）など、いつかかきたいと思っています」（『私家版・敬愛する人からの手紙Ⅰ　小山俊一書簡』所収）という一節がある。彼は「片足の男」については書いたが、「憲法医者」については、結局、書かなかった。この「憲法医者」は既に亡くなっている。医院も取り壊されているが、ただ医院があったところのブロック塀は残っていて、その塀に日本国憲法の前文が数十メートルにわたってペンキで大書されている。雨風にさらされて、一部は文字が消えたり消えかかったりしているが、その光景はちょっと圧倒される。元左翼であったこの医者が、憲法の理念を尊重し、恒久平和を念願したことは確かだ。その事情がどうであったにせよ、ブロック塀に大書された憲法前文は、護憲とか改憲とかいう議論をしばらく黙らせる迫力をもっている。倉田氏がのちに四国に小山を訪ねたとき、彼はこの医者について「休みの日にゴルフ練習をしている姿が、どこか淋しげで孤独な感じが伝わってきた」と語ったという。

小山が住んだ家は廃屋となっているが現存している。小平野を紀勢線が横切っているが、彼の家はその線路際にある。家は平屋で、ひとつの家の真ん中を区切って二所帯が住めるようになっている。なかを見せてもらったが、玄関を入ると右に台所、六畳と四畳半の二間続きの部屋、その奥にトイレと風呂がある。倉田氏の話によれば、玄関を上がった六畳間で小山は英語の塾を開いていた。彼の授業は暗記させるのではなく、理解させる独特のものだったという。英語を教わっていた子供たちの評判はよかった。その評判を聞いて、地元の中学校から小山に講師として来て欲しいという依頼があったという。

小山は「教師稼業早くやめろ。人間だめになる。例外はない」と書き、周囲の教師たちにもそう話していた。教師という職業の属性が、自己欺瞞とからみあって骨がらみのものとなる。十三年間の中学教師体験から、そうなると信じていた。講師依頼は丁重に断ったと倉田氏に聞いたが、世を捨てたはずの小山にそんな話がくるとは、彼自身、内心は驚いただろうと推察する。

小山が紀州富田に住んだのは、昭和四十八（一九七三）年春から翌四十九年秋までの一年数カ月、彼は四国にわたる。「アイゲン通信」№3に「転々の記録」が載っている。それによると、戦後三十五年間に二十五回引っ越したという。小山は愛媛県宇和島市で三回、同県松山市で少なくとも三回引っ越している。これは単に、彼が引っ越し魔だったということとはちがう、何かなのだ。それは「隠遁」とも関わる問題のはずだ。ただ彼は一人ではなく夫人がいた。倉田氏に聞いた富田での彼女の評判は、物静かで上品な女性で、塾に来る生徒たちに珍しいお菓子を作って出してくれたという。この女性は「こをろ」同人の小見山敦子（本名篤子）である。彼女は宇和島に移ってほどなくうつ病にかかった。人が訪ねてくると押入れに隠れるようになったという。小山夫妻を知るある女性は、「小山さんのせいよ」とあっさりと私に語った。

小山俊一の最後の通信は「Da通信」で一九八二年十月から八四年九月までの間に六回発行された。それは「Daノート」となり八六年に三回発行された。最後に「Daメモ」が九〇年九月と九一年七月に発行された。つまり、彼の体力にあわせるように縮小された通信となっていった。けれども内容はますます光を帯びてくるようであった。最後の「Daメモ」は、一枚の紙にワープロで打たれたもので、小山が亡くなったあと人を介してもらった。

竹内好が晩年「日本は亡国だ、しかしまだ見込みはある」といった。死ぬ前のサルトルが「世界はクソだめになった、しかし私は希望をもって死ぬ」といった。この「見込み」とか「希望」とかが認識をくもらせるのだ。／廿代の私（たち）が信じた「社会主義」は政治や経済のことではなく、人間のことだった。（オーウェルがスペイン内戦のとき「私ははじめて社会主義を信じた」といったのもまさにそれだった。）それは性善オプティミズムに立つ〈予定調和〉の人間だ。──ソ連・東欧の「社会主義」の崩壊が、私のなかにしつように生きていたこの人間観にとどめを刺してくれた。／生きることは反ペシミズムだ。だから私たちは、すべてがダメになりうる、たしかなものはなにもない、〈予定調和〉は幻だ、という平明な真理になかなかなじむことができないのだ。竹内、サルトルさえも、といいたい。／オプティミズムと〈予定調和〉が終るところから認識が始まる。

最晩年の小山俊一は、このような認識に達していた。小山の死はこのほぼ二カ月後のことである。

追記1

私は日本大学芸術学部文芸学科の非常勤講師として出講している。二〇一二年度の「戦後精神史」をテーマとした講座（三年・四年生対象　他学科公開講座）のなかで、ある時、本稿の「2」の部分を中心に「小山俊一　自己教育と自己欺瞞」という話をした。また人間とは「さまざまな〈事実〉と〈つもり〉とで合成された本質的には自己欺瞞的な存在」の例として、私と永山則夫を対比して説明した。

〔単なるウソの段階　本人もウソとわかっている〕

近藤洋太　〈つもり〉詩人・文芸評論家

〈事実〉年金生活者・大学非常勤講師

〔ウソが進んで自己欺瞞となった段階　腹の底では本人もウソとわかっている〕
永山則夫　〈つもり〉追いつめられ世界に反抗した革命的ルンペンプロレタリアート
〈事実〉　罪のない市民を四人も殺した犯罪者

講義のあとで、学生たちにリアクションペーパーを書いてもらった。小山俊一の「自己欺瞞論」は難しいかもしれないと思っていたのだが、学生たちはもどかしくも自分のことにひきつけて考えてくれた。いまでも小山の思想は、ある普遍性を持つのだと確信した。以下にその反応の一部を紹介する。

文芸四年　男　多くの人が自己欺瞞をやっていることに、ホッとしてしまった。自分をだますとか、自分にウソをつくとか、自分でやっていることを分かっていて、「自分にウソをついている自分」がなにかとても矮小ではずかしいと思っていた。話を聞いて、そういえば皆やっていることなんだと少し安心した。

文芸四年　女　どんな職業も自分をきたえる面と歪める面があるという話が印象に残った。自分もこれから社会に出て行くと、きたえられる反面、歪んでゆくのだろう。客観的に自覚することが難しいのだろう、と思うと自分が自分でなくなっていく不安を感じた。私は自分が自己欺瞞的人間になることが怖い。「何も考えず、行動する」という面に欠けているという自覚はあるが、自分の正体をみた気がする。

写真四年　女　講義のはじめに先週のリアクションペーパーの一部が紹介された。永山則夫の善悪の基準がおかしい、命と向き合っていないという意見に、私の頭のなかにあった違和感がぬぐい去られる思いがした。永山には、自分の罪をすべて受け入れることはできなかった。自己欺瞞で武装しなければ、生きていけなかったと思った。

文芸三年　女　今、書いている小説は、主人公と、主人公と同じ顔同じ声を持つ他者を登場させている。言葉と行動が相反する主人公は、同じ顔と声を持つ他者と対話しながら、自分を理解しようとする。そんな物語を書いている。小山俊一と出会って、近藤先生は「世界の見通しのよさ」を得ることができたという。私も、今日、同じような感触を得た。自分の書いているもの、自分の悩みに普遍性があることを確認できた。

文芸四年　男　自分の内側に入ってしまったウソを自己欺瞞という。これは大事なことだ。自己欺瞞とは、自らを成長させる無意識のことなのだと思った。

放送三年　女　自己ぎまんの意味を知った時、とてもハッとさせられた。自分の立場を守るため、自分の心を傷つけないため、私は何度も自分の心をあざむいてきた。自信をもつために自分を正当化してしまうのが人間でもあると思う。けれどもそれをくり返せばくり返すほどむなしく思えてくる。はりぼての自信。そんな人間になってしまうのは怖い。小さなことでも自分をごまかさずにいることは大変だ。でもそれが本当の自信を身につける大切で唯一の方法なのだろう。

文芸四年　女　先週の授業がきっかけで永山則夫の『無知の涙』を読んだ。10冊のノートの中で、今回の授業で言えば自己欺瞞と思えるようなことと、自分が4人を射殺した殺人犯に過ぎないというという思いを交互にくりかえし自問自答していた。人間は言葉と行動のはざまで自己欺瞞にゆれる。私には『無知の涙』の新しい読み方ができそうだと思った。

追記2　二〇〇一年六月八日、大阪教育大学附属池田小学校で、児童八名を殺害、児童十三名、教諭二名に傷害を与えた無差別殺傷事件が起きた。犯人の宅間守は、〇三年八月二十八日、大阪地裁で死刑判決を受けた。弁護団は控訴したが、九月二十六日、宅間自ら控訴を取り下げて死刑判決を確定させ、早期の死刑執行を望んだ。翌〇四年九月十四日、死刑が執行された。私は死刑が執行されたのち（つまり本稿が「樹が陣営」に掲載されたあと）、宅間が早期の死刑執行を望んでいたことを知った。彼が精神を病んでいなかったことを前提に書くが、小山俊一は、宅間の言動にも「驚嘆」し「震撼」されるだろうか。私にはやはり生きること（考えること）の放棄としか思えないのだ。

註1　小山俊一については、今日、知られることが少ないと思われる。本文と重複するが、簡単に経歴を紹介しておきたい。小山は、大正八（一九一九）年、福岡県門司市に生まれ、直方市で育った。旧制福岡高校から九州帝国大学農学部に進学、昭和十四（一九三九）年、「こをろ」創刊に参加した。同誌が十九（一九四四）年に十四号で終刊するまでに、いくつかの哲学に関わる論文を発表した。昭和十八（一九四三）年、陸軍軍属としてボルネオに赴いた。敗戦後捕虜となり、昭和二十一（一九四六）年復員。戦後、中学校の教師などをしながら、昭和二十七（一九五二）年、日本共産党に入党。同年、旧「こをろ」の同

人の一部と左翼的傾向の強い同人雑誌「現在」に参加。昭和三十五（一九六〇）年、共産党から除名処分を受けた。六〇年安保闘争では、共産主義者同盟（ブント）に参加。昭和四十三（一九六八）年より個人通信「EX－POST通信」を発行。以降、最晩年にいたるまで、断続的に個人通信を発行し続けた。昭和四十七（一九七二）年、東京を離れ、和歌山、愛媛に隠遁した。一九九一年没。著書に『EX－POST通信』（弓立社　一九七四年）、『プソイド通信』（伝統と現代社　一九七七年）、『私家版　アイゲン通信』（一九八二年）、『Da通信』（高橋源一郎編集・発行　一九九二年）。このほかに『私家版・敬愛する人からの手紙Ⅰ　小山俊一書簡』（小山内俊隆編　一九八九年）、『私家版・敬愛する人からの手紙Ⅱ　小山俊一書簡』（小山内俊隆編　一九九三年）がある。

註2　小山俊一の日記及び抜書きノートは、小山が亡くなったあと、鎌田吉一が小見山敦子を訪ねた際に託された。倉田昌紀は、その原本をコピーしたものを私に借用させてくれた。小山の一九八九年十月九日の倉田氏宛の便りに「生活──「終末」をめざして／本を売り払い（友人が「ガレージセール」というのをやってくれました）、病人にベッドを買い、ペイパーズを一掃（日記、原稿、ノート類、いっさい焼却）、荒れた庭を少しずつ手入れしながら、「たのしんで暮らすこと」につとめています」（『私家版・敬愛する人からの手紙Ⅱ　小山俊一書簡』）とあり、これら八冊の日記、抜書きノートは、なお廃棄されずに残ったものと思われる。

（「樹が陣営」第二十七号［二〇〇四年六月］　追記１・２　二〇一四年二月）

革命的ロマンと倫理——一九六九年　桶谷秀昭ノート

1

桶谷秀昭を想うとき、私には彼が「日本浪曼派」なかんずく保田與重郎の文学、思想に連なる文学者であるということを意識しないではいられない。また一方的にだが、桶谷氏との出会いを思い出すとき、私が大学に入った年に読んだ革共同・中核派から離れた小野田襄二を中心に発行されていた「遠くまで行くんだ……」という雑誌、および小野田氏、重尾隆四、新木(しんき)正人といった執筆者、また卒業する年に同人に加えてもらった檀一雄が主宰する雑誌「ポリタイア」、とりわけ古木春哉のことが渾然一体となって思い返されてしまうことを避けることができない。

私の一九七八年八月十八日の日記に「桶谷秀昭の『土着と情況』、『近代の奈落』を読了。この二冊は自分の精神史にとって必ずやなにものかである。しかし、いままで桶谷の本をまともに読んでいなかったのはなぜだろう」と記している。私は二十九歳になっていた。この時期に私は集中的に桶谷氏の本を読んでいる。その後は、彼の新著が出るとおおむね買って読み今日に至っている。ただ『土着と情況』の少なくともその一部は、学生時代に読んでいたはずである。たとえば「竹内好論」の次の一節。

対中国戦争は植民地侵略戦争であり、対米英戦争は帝国主義戦争だというのが、竹内のいう戦争の「二重性格」である。帝国主義戦争と植民地侵略戦争とは一体のものだから、この腑わけをナンセンスとする公式は、戦後の支配的な世界観だったし、いまでもそうである。(中略)。しかし現在、生きている日本人の戦争にたいする責任ある思想を問題とするかぎり、戦争の二重構造という認識は、対中国戦争、対米英戦争、を帝国主義侵略戦争で一括し、悪と断定する観点よりはるかに優位に立っている。後者からは、戦争(総力戦)に参加した民衆のエネルギーを汲み上げることはできないし、したがって日本人の主体的な自立的な思想を戦後、形成することは事実できなかった。

この竹内好の対中国戦争は植民地侵略戦争だが、対米英戦争は帝国主義間の戦争であるという「戦争の二重構造」論の紹介と、桶谷氏自身の見解を読んで衝撃を受けた。それまでの私は、高校までの教科書で習ったように、あの戦争は米英の民主主義に日本の軍国主義が敗北した戦争だと思っていたのだ。

この一節で、私の歴史観は大きく変わってしまった。あとになって思ったことだが中国戦線などに送られるのは陸軍の兵士であり、対米英と海のうえで戦うのは海軍の兵士ではないか。好むと否とかかわらず、陸軍に入れば、百％義のない植民地侵略戦争に加担することになる。海軍に入れば、帝国主義間の戦争であるので、同じ義のない戦争ではあるが、義は双方になく立場はフィフティフィフティである。たしか『毛沢東語録』あたりにあったと思うが、侵略兵士の死は「鴻毛より軽い」が、革命兵士の死は「泰山よりも重い」という言葉があった。陸軍に入るか、海軍に入るかでその死の意味が変わるとしたら、それは理不尽なことではないか。

なぜ学生時代に読んでいることが分かるかというと、私は学生生活の前半、学生運動と文学サークルの活動に熱中していてろくに授業に出ていなかったのだが、学年末試験だけは素直に受けた。その試験の答案に桶谷氏を経由した、この「戦争の二重構造」論と私なりの感想を書いたのだ。設問がそうおあつらえ向きにできていたわけはないだろう。強引にそんな話にしたのだと思う。意外なことにそれは「優」をもらった。私は味をしめた。『土着と情況』のなかの「保田與重郎論」の次の一節も試験の答案にその考えの一部を借用した。

しかし、わたしは、もともと、世代論というものを、特に思想をかんがえるときのきめ手としては、あまり信用しないのだ。とくに、時代に支払った（と当事者がおもっている）苦痛や労苦の多寡から立てられた世代論にたいしてそうである。人が時代に支払うことを強いられた苦痛や労苦についていうなら、その量でなく、じつは支払ったようにみえて逆にかちとったある核のようなものしか問題でない。それだけが今日生きている人間の底部になお消滅せずにあるからだ。

この一節は、橋川文三の『日本浪曼派批判序説』のモティーフに共感しつつ「橋川がじぶんひとりよりも世代的体験というものにもたれかかることによって自己の体験のパブリシティを得ようとする傾きのあることへの不満」を述べたあと、鶴見俊輔の世代規定を援用しながら書かれたものだ。たしかに昭和十年代に「日本浪曼派」、なかんずく保田與重郎が当時の青少年に熱狂的に受け入れられたことは、高見順の「つまり高校生の観念的な傾向に浪曼派の人々が受け入れられてゐる訳だ。浪曼美に対する哲学的な、抽象的な思考思惟が高等学校の校友会雑誌的な傾向高校生の思想生活にはピタリとしてゐるのではないか。（中略）客観的にいへば実に幼稚ながげかはしい傾向だと思ふ」（「人民文庫・日本浪曼派討論会」　報知新聞　昭和十二［一九三七］年六月三日～十一日『保田與重郎全集』別巻二所収）というやっかみとしかとれない発言が傍証している。

橋川たちの体験を桶谷氏はしていない。彼は自分の精神形成のはじまる時期を一九五〇年とし、影響を受けた文学者を「日本浪曼派」に関わる人としては萩原朔太郎、太宰治、亀井勝一郎を挙げている。このなかで亀井を退けて「わたしは、「日本ロマン派」が何であったか、何をしたのかということを知らずに、それと、戦後五年たって出会った。もちろんここには保田與重郎はふくまれていなかった。しかし、当時の出会いの意味は何であったかを一言にいうなら、「はげしい頽廃への決意」という保田的ボキャブラリでもっともよく表現されているようなものであった」と述べている。

さて私は、学年末の試験の答案にどう書いたのだったか。当時P・F・ドラッカーの『断絶の時代』がベストセラーになっていたと思う。その本を私は読んでいない。その「断絶」を使って世代間の断絶を桶谷氏の言葉を援用して、もっともらしく書いた。相変わらず設問とは、かけはなれた牽強付会の答案だったはずだが、その結果はすっかり忘れている。私はともかくも大学を卒業すればよかったのだから。

2

私が中央大学に入った一九六九年の夏、ペンクラブという文学サークルの集まりで、先輩から「遠くまで行くんだ……」という雑誌を手渡された。奥付の百八十円という定価を見ながら、今、お金の持ち合わせが……、と言おうとしたとき、気のいい先輩は「金はね、あとでいいから」と言った。私はそのあと誌代を払った記憶がない。「遠くまで行くんだ……」第三号をぱらぱらとめくっているうち、重尾隆四の「現在のべ平連を一度でも見れば解るように、その〈市民運動〉に存在しているのは、実は市民でもなんでもなく、左翼くずれ（元日共、元全自連、現構改派など）を頭に、学生運動として自ら貫き通すこともできぬ学生たちを補完物としながら、ジャーナリスト知識人、ガイジンを招いた祭り騒ぎでお茶を濁しているとき、遂に〈市民運動〉を〈市民運動〉として根づかしてゆく作業を放棄したのではないか」（「更に廃墟へ！！」）という一節に瞠目した。文章自体はよじれてはいるが、大学に入学して数カ月間、集会やデモで私が見聞し、もやもやと不満をもっていたべ平連に対する正鵠を得た批判になっているではないか。

「遠くまで行くんだ……」は、革共同・中核派の政治局員小野田襄二が一九六七年十月、第一次羽田闘争を前にして同派を離脱し、重尾隆四、新木正人らとはじめた雑誌である。創刊号が六八年十月に、第二号が六九年二月に、そして第三号が七月に発行されたばかりであった。私は大学に入ってさまざまな党派の文章を読んだが、「遠くまで行くんだ……」に書かれた諸論考ほど心に触れる文章を読んだことがない。

小野田襄二は創刊の辞「われわれの闘いの出発にあたって」のなかで「日本の革命的左翼もまた一つの擬制にすぎなかった。この擬制の時代を根底から止揚するところにわれわれはいる。（中略）我々の日本は、一度も、破壊がなかった。この屈辱をかみしめなければならぬ。／生活者の中に忍び込んでいる、経済合理性と戦わなければならぬ。その戦いが勝つにしろよしんば負けるにしろ、この無惨な日本に戦いを挑まなければならぬ。／我々は、この戦後的日本の空疎な時代に戦わずして呑み込まれるよりも、死力をつくして戦い、傷つき、斃れる道を選ぶ。全ての領域で徹底した戦いを遂行せねばならぬ。／我々は、政治的戦い、思想的戦い、芸術的戦い、学問的戦い、社会的戦いにおいて死力をつくした戦いを挑まねばならぬ。〃我々は、既成の党派の発言権や政治へゲモニーに狂奔する道を歩まぬ。代りに、この日本の情況に根底的に掉さす戦いをこそ遂行しなければならない。我々の組織とは、あくまでこのようなものである」と述べている。私ははじめてあの時代を闘うものの肉声を聞いたのだ。

あるいは重尾隆四の「昨年一〇月、創刊号をもってはじまった私達の闘いは現在までのところ、ある確かな手応えをもって今日の学生の底流に届いたと思われる。（中略）東大から息をもつかせぬ、神田の波状攻撃、闘いの中の解放感は今までの学生運動を数段越えるものがあった。／象徴的には、羽田で「権力に対して我々の全実在をさらけだすんだ！」という叫びは、安田講堂の屋上にヘリコプターからの滝の様に浴びせられた催涙液に対して開かれたピンクのパラソルの中に生きているとも言える」（第二号「ユートピアから廃墟へ」）といった情勢認識の鋭さ、鮮やかさ。さらに新木正人の連載「更級日記の少女—日本浪漫（ママ）派についての試論」（創刊号、第二号）は、太宰治や柴田翔やその他、ロマンティシズムを混ぜ合わせたような甘たるく不思議な文章で、今読んでみれば奇体かもしれないが、魅力あふれる文章だった。私はこの文章のなかに頻出する「日本浪曼派」や「保田與重郎」という言葉を鮮烈に記憶したのだ。

　第四号は一九七〇年五月に刊行された。「政治思想論Ⅱ　戦後日本における革命の根拠」なかで小野田襄二は「私が桶谷秀昭と出合ったのは、十年間の学生運動・革共同体験を経て、ただ一人でたたずんでいた頃、ある日偶然に神田の古本屋においてであった。名も知らぬ評論家の、『土着と情況』の標題に私はすい寄せられた。桶谷の激しい息づかいは私の胸にくい込んだ。その思想形成が桶谷とはほとんど逆であった私が受けた衝撃は、桶谷の激しい倫理（人間の窮極の態度）への渇望にあった」と書いている。おそらく彼が桶谷秀昭に最初に触れた文章で、私が『土着と情況』を読むきっかけになった一節だ。私は小野田襄二を通して桶谷秀昭の「倫理への渇望」を考えようとした。

　ところで私は、大学一年のとき偶然のことから、眞鍋呉夫先生の知遇を受け、石神井のお宅へ出入りするようになった。大学四年の正月、商学部で卒業論文のなかった私は、帰省した折、一週間ほどかけ卒論の代わりのつもりで三〇枚ほどの小説を書いた。正月明け、私はそれを眞鍋先生にみてもらった。すると先生は、いくつかの手直しを指示して、それを自らも編集同人である、檀一雄が主宰する雑誌「ポリタイア」に掲載する便宜を図ってくださった。その後、私が持続的にものを書くきっかけをあたえてもらったのだ。

「ポリタイア」で私は、林富士馬、古木春哉、谷崎昭男他の「日本浪曼派」につながる人たちの知遇を受けた。その前後から、私は保田與重郎の書いたものを少しずつ読みはじめていたのだが「ポリタイア」のなかで語られる「日本浪曼派」やとりわけ保田與重郎は、学生運動や文学サークルのなかで語られるそれとはずいぶんと異なったものであった。「日本浪曼派」という運動が、私たちが思っているよりもずっと濃密な文学的気圏から生まれただろうということ、また古木春哉、谷崎昭男といった戦後、保田與重郎に拠りどころを求めたひとたちがいるだけでなく、文学の縁辺にあって、目立たないが、保田與重郎の文学、思想を拠りどころとする人たちが少なからずいることを知った。

古木春哉（一九三〇―二〇〇四年）は、桶谷氏より二歳年長である。古木さんには、「ポリタイア」に書いた原稿を中心に編まれた『わびしい来歴』（一九七六年　白川書院）と没後に刊行されたその増補版『保田與重郎の維新文学―私のその述志案内』（二〇〇五年　白河書院）がある。谷崎昭男の言葉を借りれば「「日本浪曼派」の文学運動の恢復をはかった戦後のひと」である。古木さんは、戦争終結の日とその後の体験を「恋慕ノ記」のなかで「八月十五日の終戦を知らせる詔勅は聞きそびれた。中学二年で、靖国神社脇の防空壕掘りに動員されていた。その時、宮城へ駆けつけた生徒もあった。私は家に帰り、済んでしまったという放送について母から聞いたのである。帰心を失った私は、それから飢える。この国の神が死んだあとに、憧れは何うして彷徨うか。激しく憤怒に屈折させるのだった」。「中学二年の時、終戦を肯んじ難い運命として私は堪えた。あれは八月か九月のまだ間もない頃のことである。それまで何の好意も持てなかった数学教師が教壇から、早くも憚らなければいえないためになおさら屈辱の表情で「アメリカには私たちがきっと将来、仇を討たないでおかない」というような決意を述べるのだった。改めてこの教師を見直すと同時に、気の遠くなるような重く困難な時間が思いやられたことを覚えている」と記している。この体験は、桶谷秀昭の体験と重なるところがある。私は「ポリタイア」が終刊したあとも、彼が亡くなるまで交際があった。古木さんを通して桶谷氏の戦後を考えようとした。

3

私は今度、『土着と情況』に収められた「保田與重郎論」と『保田與重郎』を、昔さまざまに書き込んだ傍線を消しゴムで消して読み直してみた。「保田與重郎論」は、桶谷秀昭が三十歳のとき「試行」他に発表された作品、『保田與重郎』は五十歳の時、保田が亡くなった翌年「新潮」に発表され、さらにその翌年、単行本として刊行された。

ふたつの作品を比較してみると、「保田與重郎論」の大半は戦前、戦中の論考が対象となっている。それは保田のもっとも「難解」な部分を解読する作業でもあった。だから今度読んでみても私に緊張感を強いた。けれどもそれだけではなくて、敗戦の日からの自己確認をとおして保田に接近していったという事情も絡んでいるだろう。その想いの激しさ、小野田襄二の言う「倫理への渇望」によっても、当時の全共闘運動が桶谷氏にコミットしたと言えるのかもしれない。一方で『保田與重郎』は、保田の文学的、思想的な生涯を描いたビオグラフィーだが、「保田與重郎論」からの二十年後の作品だから、当然のことながら、激しさはずっと影をひそめ、文学的な成熟度は高くなっている。彼は本質的には、学者でも研究者でもなく述志の人であり、戦後のロマン派のひとであるので、その孤立感もまた際立っているように思えた。

桶谷秀昭は「保田與重郎論」のなかで、保田の言葉としてよく使われた「慟哭」の真意を次のように書いている。

（……）保田のいう草奔の志とは、忠君という具体的な人格的関係の意識ではないことを、くりかえし述べている。君にたいして臣という自己限定を拒否した。大君（天皇）という意識は、そのまま民族のひとりの心のなかに存在する生命の原理である。特定の天皇（たとえば天皇裕仁）というかたちを大君という意識はとらず、天皇は無限定のまま即自的に民族のひとりの心のなかに存在するという思想である。これは思想としては絶体絶命の淵に立つものであり、破壊的な戦争のゆくえに自己の生命を実感する心に決定的なくさびを打ちこむものであった。とくに天皇をおもわなくとも、じぶんの生命をおもい死をおもう心情が、おのずから日本と民族の永遠をおもう祈願につながり、大君の思想につながる。この心情の昂まりを保田は「慟哭」

ともいった。

たとえば加藤周一は、保田與重郎が「慟哭」というような言葉で戦争支持に気分を煽動したとして「「慟哭」というのは、つまり泣くことである。大へん悲しんで泣くことだといってもよかろう。日本浪曼派の魅力の半分は、「大へん悲しんで泣く」といったのではなんの変哲もない事柄を、「慟哭する」ということで有難そうにするしかけ以外にはなかった」(「戦争と知識人」)と批判しているが、桶谷氏は「どのような思想であれ、人間の情念に訴えないような思想になんの実践的な力もないことはあきらかである。／あえて、いいかえをこころみるならば、慟哭するとは、非常の事態のなかでわがいのちをはげしくおもうこころということであり、われ生きてありという極限での生の自覚という方が、はるかに正確である」と反論している。

正直に言えば、私もまた保田與重郎の文章に「慟哭」あるいは「民族の慟哭」といった言葉があることに躊躇をおぼえたひとりである。だがここでは、加藤周一よりも、桶谷氏の言っていることのほうにはるかに説得力を感じる。たしかに「人間の情念に訴えないような思想になんの実践的な力もない」のであるし、それが旧制中学を中退した少年の日、「日本の敗北はわたしの精神に空白の穴をあけた。無念と屈辱さえ空白を埋めることはできなかった」という激しい思いから発せられた言葉であればなおさらである。

『保田與重郎』のなかにも、私などが思いつかなかったような発見がいくつもある。たとえば「文士のくらし」についてである。桶谷氏は「むかしわれも歌人なりしが／いまおちぶれて屑買ひのむれに入れば／朝は思はざるに瀟洒な住宅地に徘廻り／夕べ場末の問屋によろばひつかむ」（「倣蕪の調」　コギト　昭和十［一九三五］年九月号）という詩を引用している。そこで主人公は、紙屑のなかにふるさとの新聞を見つけ、ふるさとの母と山とをみる思いがしてひそかに落涙するという詩である。彼はこれに続けてこう書いている。

しかし、この詩は虚構である。美学科出身の保田與重郎に職がなかつたことは事実であるが、彼自身は大和桜井の素封家の財力が背景にあつたから、就職の必要はなかつた。尤も、この詩に歌はれている零落感情は、東京に家を構へながら、「コギト」や「日本浪曼派」といふ同人雑誌に只原稿を書いてゐる無収入の文士といふ自意識の反映であらう。／ただ、この自意識、彼自身の云ひかたを借りれば「文士のくらし」といふ意識は、文壇雑誌に発表の機会を得るやうになつてからは、逆に自恃の念に変つたとみられる。保田與重郎は昭和十九年九月、一四六号を以て終刊するまで、同人雑誌「コギト」に毎号欠かさず書きつづけた。さうすることによつて、金銭のために書く御用文士への警戒感をたしかめてゐたやうに思はれる。そして恒産あることを東洋の文士の志にとつて必須の条件と考えてゐた。

さらに桶谷氏は、保田與重郎の「佐藤春夫は近年まで父母をもち、故郷の家には山林も田園もある。この境涯は作風をかなり支配するだらう。かういふ条件を文学者の安易感として排するのは、無国籍理論の影響である」（『佐藤春夫』　昭和十五［一九四〇］年）という一節を引用している。

戦後保田は、戦争中の言動を問われて文壇を追われた。けれども彼が「祖国」に拠って、その志を変えることがなかったのは、素封家の財力が背景にあったからでもあった。太宰治は、津軽の大地主の息子として生まれた。父親は県会議員、衆議院議員、貴族院議員も務めた津軽の名士であった。彼は恒産ある家に生まれたことに引け目を感じて、その思想的苦悶から自殺を図ったり、左翼の非合法運動に積極的に関わった。のちに警察に自首、転向する。私は太宰のこの転向のつまらないコンプレックスを過大に評価していたのではないか。桶谷氏の指摘は、私を驚かせるとともに、その認識を改めさせた。同時に太宰の文学の正負の遺産を見分ける手がかりを与えてくれた。

4

二〇〇四年十二月五日、古木春哉は胃がんで亡くなった。彼の病気は、亡くなる直前まで近親者にも伏せられていたと言う。私が最後に会ったのは、その前年の十一月のことだ。私は散歩に出て、西武新宿線新井薬師駅まできて、ふと鷺宮に住む古木さんに会いたくなった。そんな風にして年に一度か二度、高田馬場のスナックや鷺宮の居酒屋で会っていたのだが、その時、鷺宮で会った古木さんはいつもと少し様子が違った。お酒がそんなに入っていたのではない。「ロマン派は……」といっては言葉をつまらせ、「保田さんは……」と言っては言葉をつまらせた。こんなに涙もろい古木さんをみたのは初めてだった。そのときのことがショックで一年以上、私のほうからは連絡しなかったのだが、気を取り直して連絡をしようと思っていた矢先、訃報に接したのだ。いつだったか、古木さんに桶谷氏のことを聞いたことがある。「古木さんは桶谷さんと会ったことはあるのですか」。「ないよ。でも本をおくったとき、彼から葉書をもらって、これから本ができたらお互いに送りあいましょうという返事をもらった。会わなくったって心は通じているよ、ロマン派は」。最後のところは、私に対する揶揄だったかもしれない。古木さんが亡くなったあと奥様から、形見のひとつとして古木さんが『わびしい来歴』を上梓した際の、保田與重郎からの葉書をいただいた。表に「古木すゑ様　春哉様　御健勝大慶、御本有観、元気祈ります」とあり、裏には万葉集のなかの歌が墨書されていた。「天雲近光而　響神之　見者恐　不見者悲毛」（天雲に近く光りて鳴る神の見れば畏し見ねば悲しも）。これは恋歌であろう。表書きに母堂の名前が先にきているのは、保田が古木さんの父君の作家、古木鐵太郎を通して、戦前から母堂を知っていたからである。古木家は「日本浪曼派」創刊前後、彼らが集う拠点のひとつになっていて、古木さんは幼少の頃、保田を知っていた。この偶然が、彼を「ロマン派」へ近づけた理由のひとつだっただろう。

二〇〇八年三月三十日、東京文京区民センターで、前年、復刻された「遠くまで行くんだ……」の復刻を記念したシンポジウムが開かれた。小野田襄二、新木正人他（というと失礼だが他のメンバーの顔と名前が一致しなかった）「遠くまで行くんだ……」メンバーと文学・思想に関わった人としては佐々木幹郎、絓秀実が参会した。聞いた話では、その日、立松和平が来るはずで来られなかったという。また生きていれば小阪修平が来たであろう。シンポジウムといっても参会したのは二十人ほどで、会議室にロの字型に机をならべて話をした。出席した面々、出席できなかった面々を思いながら「遠くまで行くんだ……」があの時代に刊行された思想誌ということだっただけでなく、その後もなにものかとして深く浸透していった運動であったことを確認できた。私には愉快なシンポジウムであっただけではなく、長年の疑問が氷解した会合でもあった。

大学一年のとき「遠くまで行くんだ……」第三号を読んだ私は、彼らに接触したいと思った。けれどもそれはほとんど無理だったことがわかった。「遠くまで行くんだ……」六号（一九七四年十月）に小野田襄二が「客観性への意志（上）—戦後思想論」のなかで「一・一九東大安田講堂の闘争を契機に私たちは運動を開始した。まず早大反戦連合をもってはじまり、埼大、法大の反戦連合がつづいた。だが早大反戦連合は五月には決定的解体に至り、法大、さらに埼大の反戦連合の崩壊をもって秋には運動の一切が崩壊してしまった」と記されている。本当はここに書かれていないことが起こっていた。一九六九年九月、芝浦工業大学大宮校舎で埼玉大学の中核派の学生が、同大反戦連合の襲撃を受け、逃げ遅れて二階から転落、死亡した。学生運動史上始めての内ゲバ事件による死者として報道されたが、そうではなく事故であったと聞いた。そのころ中核派と反戦連合は敵対関係になかったし、「襲撃」がどれほどのものであったかも定かでない。二十年ほど前、仕事の依頼で小阪修平と会ったとき、この話になって「あの事故で「遠くまで行くんだ……」はポシャッてしまったんだ」と言った。あとで彼は救対を担当していたという話を別のひとから聞いた。

そのシンポジウムで「「遠くまで行くんだ……」の読者の半数近くが女性だったという話を、読んだ覚えがあるんですが本当ですか」と私は質問した。周りから笑いがもれ「本当かよ」とか「嘘だろう」とかいう声が聞こえ、「遠くまで行くんだ……」の誰かが「それはデマです」とはっきり言って一同大笑いになった。(註) 私は笑いをとるつもりでそんな話をしたのではなかった。私が第三号を手にして、どうしてもバックナンバーが欲しくて、誰彼かまわずたずねていたら、しばらくしてある女子学生が貸してくれた。大事そうに「遠くまで行くんだ……」の第一号と二号を紙包みから取り出して「必ず返してね」と言ったのだ。

かつて「「遠くまで行くんだ……」派　桶谷秀昭　小野田襄二」、「「ブント叛旗」派　吉本隆明　神津陽」と並べて論じられたことがあった。私の通った中央大学は叛旗派の拠点校だった。文化連盟に所属する私たちのサークルも叛旗派と共同行動をとった。叛旗派の機関紙は一応理解できなくはなかったが、心がはずむことはなかった。それに比べたら「遠くまで行くんだ……」の文章は、繰り返すが稚拙であれ、奇体であれ心に触れたのだ。魂に触れたといってもよかった。

吉本隆明は頼まれれば、叛旗派の政治集会にも出て行った。私の友人はその政治集会に行った感想を聞かせてくれた。「吉本さんの講演がはじまると、みんないっせいにノートを広げてメモをとりはじめるんだ。あれはたまらんぞ」。私の吉本にたいする偏見はこのころにはじまっていたような気がする。吉本は、神津陽や三上治とも個人的な付き合いがあった。けれども「遠くまで行くんだ……」の場合はどうか。彼らが政治集会を開いたという話は聞かないし、また桶谷氏が小野田氏らと個人的な付き合いがあったとは考えにくい。

皇国少年であった桶谷秀昭は「より大きな正義」を求めて、青年期、実践はともかくとして左翼運動の近傍にいただろう。彼はあくまで倫理的であった。小野田襄二も桶谷氏の倫理にひかれた。けれども運動としての「遠くまで行くんだ……」は欲望自然主義であった。というよりも全共闘運動がそうであった。欲望自然主義もまた、倫理的なものにあこがれる。その交錯したなかに「遠くまで行くんだ……」は生まれ、学生から圧倒的な支持を受けた。倫理的であることと欲望自然主義のアマルガムが革命的ロマンにみえることがあったのではないか。当事者が否定していることではあるが、私は「遠くまで行くんだ……」に一定数の女性読者がいたと思っている。私に「遠くまで行くんだ……」を貸してくれた女子学生が感知していたものは、この革命的ロマンではなかったか。「必ず返してね」と言われて私はちゃんと返した。バックナンバーは早稲田の文献堂でのちに見つけた。

註　「遡行」第三号（一九七九年十月）に「ダンプと雑誌「劫」の出方」という小野田襄二へのインタビューが掲載されている。そのなかで「遠くまで行くんだ……」は六千部発行し、その読者の四割は女性であったと小野田氏が言っている。重ねていうが、私は「遠くまで行くんだ……」に一定数の女性読者がいたと思っている。「恋と革命」については女性の方が敏感に反応したのは当然ではないか。

（「飢餓陣営」第三十九号　二〇一三年八月）

イエスの表情——一九八〇年　田川建三ノート

1

学生時代、私は眞鍋呉夫先生から聖書を読むようにすすめられた。「何千年にもわたって語り継がれ、読み継がれたものには、それだけの理由がありますよ」と言われた。それだけでなく私の好きな小説家や詩人も私に聖書を読むように促していた。それはたとえば、太宰治の「駆け込み訴へ」であったり、高橋睦郎の詩集『眠りと犯しと落下と』、『汚れたる者はさらに汚れたることをなせ』であったりした。

「駆け込み訴へ」は、裏切り者ユダの立場からイエスを描いた一人称独白体の小説だ。イエスを売りながら、実はイエスを誰よりも尊敬している。「ヨハネ福音書」の「ベタニアで香油を注がれる」の項は、太宰にも異様の光景と思われた。マルタの妹、マリアが高価なナルドの香油をイエスの足に塗り、自分の髪でその足をぬぐったのを見て、ユダは怒るがイエスはなされるがままにしている。ユダはそこにマリアへの恋情を見抜いて嫉妬にかられるのだ。「駆け込み訴へ」は、イエスへの愛憎の葛藤がたくみに描かれて私は太宰の傑作のひとつと思っている。

高橋睦郎は、「創世記」のなかのカインとアベルの話、あの弟殺しの話を、見事にホモセクシュアルの若者同士の相聞歌『眠りと犯しと落下と』に換骨奪胎しているのだ。また『汚れたる者はさらに汚れたることをなせ』というタイトルは、「ヨハネの黙示録」から採られている。このなかの「第九の欠落を含む十の詩篇」は、「創世記」のなかで神の怒りに触れて滅ぼされたソドムについての仔細が書かれている。

この「第九の欠落を含む十の詩篇」には、エピグラフがある。「まだ床につかないうちに町びとたちが老いも若きもこぞってロトの家を囲んだ。彼らはロトにむかって叫んだ。今夜おまえのところへ来た男たちはどこにいる？　彼らを俺たちにひき渡せ。俺たちは彼らを知ろうと思うのだ（「創世記」一九―四～五）」。私はこの「俺たちは彼らを知ろうと思うのだ」という箇所がよく分からなかった。老いも若きも皆殺気だっている。にもかかわらず「知ろうと思う」という、この場面では何か間の抜けた表現になっているのはどういうことか。福音書にも同じことが言えた。『新約聖書』の口語訳の「マタイ福音書」には、イエスの父ヨセフは「主の使が命じたとおりにマリアを妻に迎えた。しかし、子が生まれるまでは彼女を知ることはなかった」と書かれている。この場合はヨセフがマリアと婚約し、一緒にならない前にマリアが（処女）懐胎して、離縁しようとしたわけだから、まったく面識がない（「知ることはなかった」）というわけではないだろうということは推定できたが、その先がよく分からなかった。

「知る」という表現が、聖書のなかで性的関係を意味する場合があることを知ったのは、もっとあとのことだ。聖書の表現とはなんと婉曲な言い回しをするのだろうと驚いたものだった。さすがに新共同訳の聖書では、ヨセフとマリアの関係のところは「男の子が生まれるまでマリアと関係することはなかった」と言い改めてある。「創世記」のなかのソドムの住民の殺気だった声は「ここへ連れて来い。なぶりものにしてやるから」と改められている。

こうしたとまどいはあったが、ともかく『旧約聖書』ことに「創世記」は面白く、興味深かった。正妻と妾の争いがあり、男がいないために、父親を酒で眠らせ子種を得ようとする娘たちがおり、子を生贄にささげなければならない父親の苦しみがある。ここにはさまざまな人間的な葛藤が描かれているのだ。ところが『新約聖書』の場合はそうはいかなかった。たとえばいきなり「時は満ち、神の国は近づいた。悔い改めて福音を信じなさい」(「マルコ福音書」)と言われて、福音を信じることができるだろうか。何より、時は満ちたとはどういう意味なのか。神の国が近づくとは何を意味するのか。何を悔い改めるのか、なぜ悔い改めなければならないのかが分からなかったのだ。キリスト教を信仰の対象としている人にとっては当然のことが、そうしたことに縁のなかった私には、皆目分からなかったのだ。

ルナンの『イエス伝』(津田穰訳)を知ったのは、どんなきっかけからだっただろうか。吉本隆明の「マチウ書試論」にルナンに関する記述があるので、そこから知ったのだろうか。神田の古書店街を歩いていて、文庫本専門の店で見つけた日のことを覚えている。初版は昭和十六(一九四一)年で、私が買ったのは昭和二十一(一九四六)年に発行された再版本であった。敗戦直後という事情もあったのだろう、紙質は粗悪で今もテープで補修しなければ、ばらけてしまいそうだが、この本は『新約聖書』の不可解さを解消してくれるのに役にたった。あとで知ったことだが、この本ははじめて史的イエス像に言及した書物であったのだ。ルナンは福音書にある処女懐胎のような超自然的な話に早くから疑いを持っていた。彼はパレスチナを訪ねる機会を得て、その地から強い啓示を受けた。『イエス伝』は一八六三年に出版された。かつて私が書き込みを入れたところを要約しながら、私がこの本から学んだことを書いておきたい。

イエスはガリラヤの小さな町ナザレで生まれた。かれは平民の階級から出た。父はヨセフ、母はマリア。ナザレ近郊は美しく健康的で快い土地である。イエスは家族に愛されなかったようだ。彼は血のつながりを重要とは思わなかった。イエスは自分が神であるという不敬な考えを持っていなかった。三、四人のガリラヤの女性がかわるがわる彼の世話をした。ことにマグダラのマリアは熱烈な心の女性であった。なにか神経の疾患にかかっていたが、イエスがそれを鎮めた。イエスが奇跡を行なったのはずっとあとになってからで、人に乞われて不本意にそれを行なった。彼は注意して奇跡を秘めやかに行ない、癒したものに自分が癒されたことをだれにも言うなと命じた。十二人の使徒を選んだが、それはイスラエルの十二支族の観念と無関係ではなかった。ユダは他の弟子たちと変わったところのない弟子で奇跡を行ない、悪鬼を祓った。会計をあずかっていたが、わずかな金とイエスを交換するのは妙だ。嫉妬の感情、内輪もめのようなものを信じたい。ユダの末路は悲惨なものだったと書かれるのが常だが、彼はアルケマダの土地に引きこもり平穏なひそやかな暮らしを送ったらしい。

ルナンの『イエス伝』は、すでに淘汰された文献なのかも知れない。しかし素人の私がいうのもおこがましいが、『イエス伝』は名著の質をもっているように思う。なにより文体がよいのだ。ルナンについて、吉本隆明の「マチウ書試論」のなかの「「香水の匂い」のする叙述」というイロニーは、この文体からきているだろう。

2

『新約聖書』を読むうえで私が決定的な影響を受けたのは、田川建三の『イエスという男』であった。珍しく読了した日付が本の扉に80・11・4と記されている。私は三十一歳になっていた。『新約聖書』が皆目分からなかった私が、ルナンの『イエス伝』でかろうじて史的イエス像にたどりつき、さらに現在の新約聖書研究の突先にたどり着くまでに十年以上かかってしまった。けれども今にして思えば、この歳月は決して無駄ではなかったのだと思う。『イエスという男』という本は、史的イエス像の最新の成果を私に示してくれたというだけではない。イエスという人物を通じて、私たちが今日生きるとはどういうことかを示唆してくれたのだ。私は続けて『原始キリスト教史の一断面』を読み、『マルコ福音書　上巻』を読み、さらに彼の多くの著作を読み、関係する本を読んだ。主に田川氏を通じて、私が知り得たイエスとその時代背景、福音書について書いてみたい。

イエスが生きた当時のパレスチナは、ローマ帝国の属州であった。民衆はローマの支配、ヘロデ王家の支配、宗教的貴族層の収奪に二重、三重に苦しめられていた。イエスは自分が宗教家であるという自覚がなかった。彼は律法、預言書に精通した青年であった。安息日に会堂で時々語り、だんだん自分の主張をするようになった。それは次第に会堂を管理するものを困らせ、おのずとイエスが外で説教する機会がふえた。するとそこに律法学者、律法の教えにそれぞれに忠実なパリサイ派、サドカイ派などの人たちが問答をしかけてくる。そのつどイエスは彼らに明快な反撃を加える。イエスが人々の病を癒やし、宗教的熱狂が彼のまわりをつつんだ。イエスがエルサレムに入ってくると、権力（祭司長や長老）にとって邪魔な存在になった。そこで彼らはイエスを捕らえ、ローマ総督ピラトに渡した。ピラトはイエスの処刑に消極的であったが、群衆が処刑を要求した。ピラトは「「この人の血について、わたしには責任がない。お前たちの問題だ」民はこぞって答えた。「その血の責任は、我々と子孫にある」」（「マタイ福音書」）。こうしてイエスは十字架につけられたことになっている。けれどもおそらくこれは事実ではない。ローマと妥協しなければ、キリスト教は世界宗教として踏み出すことはできなかった。ここに事実の改竄があるだろう。さらにいえば、世界宗教となったキリスト教は、イエスの意思とはまったくかかわりなく、侵略の道具となり、戦争の口実となった。

イエスが直接、書き残した文書はない。福音書は信頼できるイエスの言行録ではない。四福音書は第一次ユダヤ戦争（西暦六六―七〇年）の前後に成立した。マルコ、マタイ、ルカの三福音書は、よく似た話がでてくるので共観福音書と呼ばれる。最も古い福音書は、「マルコ福音書」である。著者は、イエスを直接知っている民衆、ことにイエスが多く活動したガリラヤに分け入った。彼はイエスを殺したエルサレムに批判的だ。エルサレム弟子団にも批判的だった。マタイ、ルカの二福音書は、この「マルコ福音書」とQ資料（今日そのままの形では残っていないが、マタイ、ルカの二福音書からその存在が推定できるイエスに関する資料）をもとにして、さらにそれぞれに独自の資料を付加して作られた。

「マタイ福音書」は、「マルコ福音書」が、歴史的・物語的な傾向のある書物であったため、編集し直された。「マルコ福音書」よりずっと教義的な粉飾がほどこされたといえる。なぜイエスは、「アブラハムの子ダビデの子」に至る家系でなければならなかったか。なぜイエスは、マリアが処女懐胎して生んだ子でならなければならなかったか。なぜガリラヤではなく、聖都エルサレムに近いベツレヘムで生まれなければならなかったか。それらは旧約の預言が成就するために必要な嘘であった。一家はヘロデ王から逃れるために、エジプトに避難し王の死後、イスラエルにもどったが、なお警戒してナザレに住むことになるという手のこんだ嘘を重ねなければならなかった。「マタイ福音書」が『新約聖書』の巻頭におかれているのは最も権威のある福音書、つまり教会的な福音書であったためである。

「ルカ福音書」もまた別な意味で教会的な福音書で、「マルコ福音書」が順序正しく書かれていないという不満から書かれた。「ルカ福音書」の著者はまた「使徒行伝」の著者でもある。彼はイエスの誕生からパウロのローマ伝道までを成就した出来事として記している。「ルカ福音書」は、しばしば「罪人の悔い改め」をすすめるという特徴を持っている。先に「駆け込み訴へ」で述べた香油をイエスの足に塗り、自分の髪でその足をぬぐった女もマルタの妹マリアではなく、「罪深い女」としている。「罪深い女」で考えられるのは娼婦だろう。後世のキリスト教伝承では、この女はマグダラのマリアだったことにしてしまう。田川建三は『イエスという男』のなかで「話を面白くするための根も葉もない想像である」と一蹴している。けれども私のまわりで聖書をよく読む人たちの多くは、今でもマグダラのマリアは娼婦だったということを疑わない。

「ヨハネ福音書」は、共観福音書とは使われている用語や文体が大きく異なる神学書である。史的イエス像を再構成するための資料として使うのは難しいようだ。ただし古い伝承がひょっこり混じっていたりもする。

3

さて私は『新約聖書』から何が知りたかったのか。すでに述べてきたような宗教的な教義や政治的な妥協、あるいは原始キリスト教団の利害というものを取り去ったあとのイエスという人物の表情が知りたかったのだ。

『イエスという男』のなかには、『新約聖書』についての言葉の目の覚めるような解釈がいたるところで披瀝されている。たとえば「マタイ福音書」にある、だれもが知っている次の一節。

「あなたがたも聞いているとおり、『目には目を、歯には歯を』と命じられている。しかし、わたしは言っておく。悪人に手向かってはならない。だれかがあなたの右の頬を打つなら、左の頬をも向けなさい。あなたを訴えて下着を取ろうとする者には、上着をも取らせなさい。だれかが、一ミリオン行くように強いるなら、一緒に二ミリオン行きなさい。求める者には与えなさい。あなたから借りようとする者に、背を向けてはならない。」／「あなたがたも聞いているとおり、『隣人を愛し、敵を憎め』と命じられている。しかし、わたしは言っておく。敵を愛し、自分を迫害する者のために祈りなさい。（……）」。

ここには、旧約のひっくり返しがある。「目には目を、歯には歯を」ではなく、右の頬を打つ者には左の頬も、下着を取ろうとする者には上着も、一ミリオン行けという者には二ミリオン一緒に行ってやりなさいと言う。「隣人を愛し、敵を憎め」は敵を愛し、迫害するもののために祈れと。これがキリスト教的愛の精神と解釈されてきた。ところが田川建三はこれをイエスの強烈なイロニーとして受け取るのだ。

イエスは言った、「権力者共がやって来て、なぐりやがったら、面(つら)のあっち側も向けてやれ。しょうがねえんだよ。借金とりがやって来て、着ている上着まではぎとりやがったら、ついでに下着までつけてくれてやれ。ほしけりゃ持っていきやがれ」（中略）イエスのこの言葉が搾取され、抑圧されるものの憤りを表現していることは、しかも、その憤りを爆発させることができず、屈折した屈従の心理に身をしずめる者のうめきとして表現していることは、この言葉と並んでもう一つ伝えられている言葉から理解することができる。「支配者の兵隊共に労働を強制されて、無理矢理荷物を一里かつがせられたら、もう一里余計に行ってやれ」という句である。

この句と並べられる時、「なぐる者」「上着をとる者」が決して抽象的な相手ではなく、民衆を抑圧する権力者の手先を意味していることがわかろう。

おそらく民衆は、日常的にローマ兵から強制徴用されることがあった。一ミリオン行けという者には二ミリオン一緒に行ってやりなさいとは、そうした状況から出てきた言葉だろう。強制徴用したのはローマ兵だけでなくヘロデの軍隊もそうだろう。強制徴用ではなくともユダヤ人の宗教的支配層も同じことをやっていただろう。教義的な粉飾を取り除いて、イエスが生きていた古代パレスチナに降りて行くとこのような光景が見えてくるのだということを私は田川氏から学んだのだ。

イエスには、さまざまな表情がある。ガリラヤで伝道をはじめたイエスは、ガリラヤ湖のほとりでシモン（ペテロ）、アンデレ、ヤコブ、ヨハネの四人の漁師を弟子にする。「イエスは、「わたしについて来なさい。人間をとる漁師にしよう」と言われた」（『マルコ福音書』）。「人間をとる漁師にしよう」とはなにか穏やかではない言いかただ。文語訳では「われに従ひきたれ、汝等をして人を漁（すなど）る者とならしめん」とさらにあからさまな言いかたに聞こえる。人の心をいかようにでも操れる者にしてやろうとでも言いたげな口調で、生臭く、思わずドキッとしてしまう。田川氏の『マルコ福音書　上巻』では、「人々に対して宣教をなす者、という程度の意味に解釈しておくのが穏便である」と書かれているのは、いささか拍子抜けがするが、田川氏の訳も「君たちを人間の漁師にしてあげよう」と生臭さが消えている。

オスカー・クルマンの『新約聖書』（倉田清訳）は、『イエスという男』を読んだ時期と並行して読んだと思う。イエスが捕縛される場面で「マルコ福音書」にだけ、奇妙な一節が挟み込まれている。「一人の若者が、素肌に亜麻布をまとってイエスについて来ていた。人々が捕らえようとすると、亜麻布を捨てて裸で逃げてしまった」。クルマンはこの逸話について、「キリスト受難の出来事にとって重要性もなく、神学的な興味もないが、この若者がマルコであり、彼が、このような個人的な思い出によって、自分が直接的な目撃者であったことを証明する真正性のあるしるし、《匿名のサイン》をここに残したいと思ったということを推測させうるかもしれない」と述べている。田川氏はここをどう解釈するだろうかと思ったが、『マルコ福音書』の注解が上巻だけで終わってしまって、長い間知ることができなかった。もっとも彼の他の著作にはこのことが書かれていて、私が見落としていただけなのかもしれない。

二〇〇八年七月に田川建三の『新約聖書　訳と註1　マルコ福音書／マタイ福音書』が刊行された。私が真っ先に確認したかったのは、この箇所だった。田川氏の註釈では、この若者がマルコ自身ではないかという説は六世紀までさかのぼってあるという。

（……）もしも最後の晩餐の場所がマルコの母親マリアの家だったとすれば（使徒行伝一二・一二）、そこから「一緒にイエスについて来た」というのだから、この若者がマルコである可能性は十分にある。しかしこの家がマルコの母親の家であったということを積極的に支持する要素は何もないから、まあ、単なる楽しい空想の部類。

「使徒行伝」によれば、「ヨハネと呼ばれていたマルコ」はパウロとパンフィリア州のベルゲへ宣教の旅に同行した際、意見が衝突し、一人でエルサレムに帰ってしまった。パウロとバルバナが再び宣教の旅に出ようとした際、パウロは前に自分たちから離れたマルコを連れて行くべきではないと言って激しく衝突し、別行動をとるようになったと記されている。田川氏は「この人物が福音書の著者であることを否定する積極的な理由は何一つない」としている。なぜ激しく衝突したのか。マルコは「かつて生きていたイエスの実際の姿を無視して新興宗教の神話的ドグマ形成に走る流れに対して、そうじゃないよ、イエスのことをかつごうというのなら、かつてイエスが生きていた本当の姿を、それも理論的な建前でなく、具体的に個々の出来事を、それも一つ一つが人々の心を大きくゆり動かす大量の出来事をまず知るがよい、と思ったからだろう」と述べている。

そうなのだ。パウロと衝突するような性格でなければ、「マルコ福音書」は書けなかっただろう。「ヨハネと呼ばれていたマルコ」が、「マルコ福音書」の著者であることは合点がいった。ただイエス捕縛の際に、なぜそれほど重要であるとは思えない「亜麻布を捨てて裸で逃げた若者」の記述が必要だったのかについては、依然謎のままだ。

聖書の言葉、その言葉にときに肺腑をえぐられる思いをすることがある。たとえば「ヨハネ福音書」の「あなたたちの中で罪を犯したことのない者が、まず、この女に石を投げなさい」という一節もそうだ。イエスが教えを説いていたとき、例によって律法学者やパリサイ派の連中がやってきて姦通の現場で捕まえた女を連れてきた。「先生、この女は姦通をしているときに捕まりました。こういう女は石で打ち殺せと、モーセは律法の中で命じています。ところで、あなたはどうお考えになりますか」。彼らはイエスを訴える材料がほしかったのだが、イエスは返事をせず、身をかがめて地面になにかを書いていた。ある夜「ヨハネ福音書」のこの箇所を読みながら、私には徐々にその情景が見えてきた。オリーブ山のどこかの建物の中庭に人だかりがしていて、その真ん中にイエスと蒼白な顔を伏せた女がいる。イエスから言質をとろうとにじりより詰問する律法学者、パリサイ派。狡賢く目を細め、あるいは見開いている彼ら。

（……）しかし、彼らがしつこく問い続けるので、イエスは身を起こして言われた。「あなたたちの中で罪を犯したことのない者が、まず、この女に石を投げなさい」。そしてまた、身をかがめて地面に書き続けられた。これを聞いた者は、年長者から始まって、一人また一人と、立ち去ってしまい、イエスひとりと、真ん中にいた女が残った。イエスは、身を起こして言われた。「婦人よ、あの人たちはどこにいるのか。だれもあなたを罪に定めなかったのか」女が、「主よ、だれも」と言うと、イエスは言われた。「わたしもあなたを罪に定めない。行きなさい。これからは、もう罪を犯してはならない」。

「あなたたちの中で罪を犯したことのない者が、まず、この女に石を投げなさい」。寸鉄人を刺す凄みのある言葉だ。イエスの言葉に一人去り、二人去って、だれもいなくなった。イエスは姦通した女性に対して言う。「わたしもあなたを罪に定めない。行きなさい。これからは、もう罪を犯してはならない」。イエスは、大衆の面前で辱めを受け、死をも覚悟していたこの女性を救っただけでなく、こんなにも優しい言葉をかけた。彼女にとってそれは肺腑をえぐる言葉だったに違いない。私は不覚にも泣いて落涙した。イエスの言葉は、思いがけないときに思いがけない反応を引き起こす。そのことをあらためて感じ、いつの間にか私のなかに深く入り込んでいた『新約聖書』に愕然としたのだ。とまあここで話が終わっていたら問題はなかったのだ。私がこの言葉をイエス自身の言葉、あるいはそれに近いとして信じたのは、『イエスという男』のなかにこの逸話について、次の一節があったからだ。

（……）実はこの話は、ヨハネ福音書にしか出て来ず（八・一―一一）しかもかなり後世の写本ではじめてはいりこんでいるものであって、元来のヨハネ福音書にはのっていなかった話である。学説によれば、これは断片的な口伝伝承として伝わっていたのが、後世になって写本にはいりこんだのであって、伝承そのものは非常に古く、イエス自身の歴史的事実にまでさかのぼりうるという。そこまで言い切れるかどうかわからないが、作り話だとしても、イエスの思想をこれほどみごとに解説した作り話は少い。

田川氏がこう言っているのだから、イエスの言葉とみなしてよいのだと私は解釈した。いま読んでみると、含みのある言いかたではある。昨年（二〇一三年）六月、『新約聖書　訳と註5　ヨハネ福音書』が刊行された。田川氏は「今後はもう罪を犯さないように」、この最後の一言は、共観福音書的ではない。たとえば「マルコ福音書」では、「こういう時、「子よ、あなたの罪は赦される」と宣言した後「(安心して)自分の家にお行きなさい」と語りかけるのである(二・一一)」と書いている。「今後はもう罪を犯さないように」、共観福音書では、そんな説教をする場面はどこにもない。そんなふうに女性を罪人扱いしているのならば、イエスが批判した律法学者、パリサイ派と同じではないか。そう言って田川氏は、イエス自身の言葉であった可能性を否定する。「過ちては則ち改むるに憚ること勿れ」ではある。しかもこれは過ちというより、保留していたものをはっきりと否定したというだけのことだ。

「ペテロの否認」とは、四福音書すべてにでてくる。イエスは最後の晩餐の時、自分が捕縛されたら弟子たちが離反するだろうと告げる。ペテロは、私一人は決して裏切ったりしないと言うと、イエスは鶏がなく前に三度私を知らないと言うだろうと予告する。イエスが捕縛されると、ペテロは連れてゆかれた大祭司の屋敷の中庭にまで入り込み、事の成り行きを見守る。するとそこに居合わせた者らから、お前はイエスと一緒にいたと言われる。ペテロはそんな人は知らないとくりかえし否認する。「するとすぐ、鶏が再び鳴いた。ペテロは、「鶏が二度鳴く前にあなたは三度わたしを知らないと言うだろう」とイエスが言われた言葉を思い出して、いきなり泣きだした」(「マルコ福音書」)。

田川建三は『原始キリスト教史の一断面』のなかで、「ペテロはしばしば失策をしたり、場違いな間抜けた発言をしたり、あからさまに批判されたりする」と述べ、「マルコとしてはまさにペテロを中心とする十二弟子の権威を批判することを目的として福音書を書いている」と述べている。まだ絶大な権威を持つにはいたっていないエルサレム弟子団の長老であるペテロが、わざわざ自己告白したりするだろうか。そう考えれば、「ペテロの否認」は事実でありそうにない。ただしかし、「マルコ福音書」の著者は、怯懦の感情を自己保身の感情を自身が熟知していたのだ。でなければ、ペテロ自身しか知り得ないような心の動きを描けるはずがない。

同じように「姦通の現場で捕らえられた女」の話も、「これからは、もう罪を犯してはならない」という言葉が最初からついていたのか、あとで付加されたのか、素人の私が口をはさむことができる問題ではない。それにしてもと思う。律法学者やパリサイ派が女を連れてきて、石で打ち殺してもよいかと詰問しているのに、イエスはかがみこんでなにやら指で地面に書きはじめたと描写したのはどんな人物だっただろうか。史実としてのイエス像とは別に、私たちは聖書という物語を新たに読みはじめているのではないだろうか。

4

一九六九年七月から一年ほど、三鷹市大沢の国際基督教大学（ＩＣＵ）の近くのアパートに住んでいた。大学に入学してしばらく姉の家に居候していて、知り合いから紹介されたのがこのアパートだった。家賃が安かったのが魅力だった。東京天文台に隣接していて、さらに行くと調布飛行場がみえた。アパートは二階建て十数室あって、私の部屋は三畳ほどの板張りに一畳の蚕棚のような畳敷きのベッドがついていた。だいたいどの部屋も同じつくりだったかと思う。二階にソシアルルームと呼ばれる八畳ほどの部屋があった。ＩＣＵの学生のために作られたアパートで、在学生だけでなく、卒業生も居心地がよいままに住んでいた。私のような他大学生や漫画家の卵や、なぜか京都からやってきた革命戦士も出入りしていた。

卒業生には、企業に勤めている人、翻訳の下請けの仕事をやっている人、ＩＣＵの元学生運動の指導者で土木作業員をやっている人などがいた。私はＩＣＵの在学生、ＯＢの中に溶け込み、ソシアルルームでしばしば宴会をやった。在学生はそれぞれに考えがあっただろうが、直接に全共闘に関わったものはいなかったように思う。むしろ授業再開後の彼らの猛烈な勉強ぶりのほうが印象に残っている。

このアパートを紹介してくれたＳさんは、近くの家に下宿していた。今にして思えば、ＳさんはＩＣＵ全共闘の活動家だったか、シンパだったと思う。彼は私をＩＣＵでやっていた自主講座に誘ってくれた。その時は『市民社会と社会主義』の著者、平田清明を招いて開かれた。話の内容はさっぱりと忘れている。居眠りをしてＳさんにこづかれた記憶がある。講演が終わって、彼は煙草をうまそうに吸いながら、「子供の運動会に行ったんですよ……」と話をした。だからあれはもう秋に入っていた時期だったのだろうか。

十月二十日、ＩＣＵの全共闘を排除するため機動隊が入った。前日夜遅くまで本を読んでいて、その日は催涙弾のパンパンパンという音で目が覚めた。やられているなと起き上がったが、私はＩＣＵの学生ではない。助っ人にはならない。しばらくして同学年の学生の一人が帰ってきた。

私と顔を合わせるのが嫌だったらしく、自室にはいったまま出て来なかった。後日、彼とこんな話をした。私の通っていた中央大学は、当時、昼間・夜間部の学生合わせて四万人と言われた。そのころの言葉で言えば、典型的なマスプロ大学で、法、商、経、文の四学部は神田駿河台の狭い一角にあった。「うちの大学は全員がまともに来れば、教室からあふれるどころか、道にまであふれるだろうと言われているんだ。それに比べてICUはいいねえ」と私は言った。するとその学生は「十何万坪の敷地に、学生が千二百人。いいねえってよく言われるよ。けれども、だれもみていないから機動隊に徹底的にやられたんだよ」と吐き捨てるように言った。

まだICUに機動隊が常駐していたころだっただろうか。私はSさんの下宿をたずねた。すこし吃る癖のあった彼は、ふだんから無口であったが、その日は一層重苦しく寡黙であった。ただビートルズのその頃はやっていた「レボリューション」を聞かせて、革命をやりたきゃ自分が変わんなきゃならないって言っているよと皮肉っぽくつぶやいた。あとでジョン・レノンの歌詞をみると、少し意味が違うようにも思ったけれども。そのころICU全共闘は授業拒否闘争を続行していたが、大学側は七〇年一月二十七日までに「受講（?）」登録をしなければ、退学にすると脅しをかけていた。ICU全共闘は前日の一月二十六日解散した。Sさんは四年生だった。もう就職も決まっていたはずだし、登録をしたはずだ。

私がなぜこれほど当時のことを思い出せるかというと、後に田川建三の『批判的主体の形成』を読んだからだ。そのなかの「授業拒否の前後——大学闘争と私」、「キリスト教と市民社会——平田清明批判」が、ICU闘争に直接、間接に触れていたからだ。私の当時の記憶と突きあわせてみると合点のいくことがいくつもあった。

田川建三は、いわゆる「造反教官」としてＩＣＵ闘争に関わった。そして七〇年四月、彼は馘首処分を受けた。かつてこの闘争以前に書かれた『原始キリスト教史の一断面』を読みながら、この宗教批判の激しさが、必然的に闘争にコミットさせるのだと思った。私は大学アカデミズムに関心がなかったが、あの時代を本質的に闘ったと思える学者で学問の世界に戻ってきた人は、私の関心のなかでは、田川氏のほかに知らない。

私は田川建三を通して歴史的人物であるイエスの姿を知ろうとした。そしてそれを文学に、私の専門である詩に書こうとした。告白すれば二十数年前、『新約聖書』を題材に四篇の詩を書いた。だが私はまだ、イエスを書くには私は力が足りない。けれどもあきらめたわけではなく、他日を期したいと思っている。

（未発表　二〇一四年二月）

工作者の値札——一九六五年　谷川雁ノート

1

一九七〇年十一月二十四日夜（三島由紀夫自決の前夜）、私たちは東北沢にあった中央大学代々木寮の中庭でたき火を囲んで暖をとって話し合っていた。ペンクラブという文学サークルに所属し、文化連盟に加入していた私たちは、秋口から中大の学園祭である白門祭の開催をめぐって大学当局の正常化路線に与する民青系の学生たちと対峙していた。それは全共闘運動の後退戦のなかの小闘争に過ぎなかったが、闘いの最終局面を迎えて私たちはいささか厄介な問題を抱えていた。文連だけではなく学術連盟など他のサークルも合同で闘ってきたのだが、セクトの介入をめぐって、それを許容するサークル、そうでないグループとで意見が分かれていたのだ。口論はあったものの結局私たちは代々木寮に泊まり、翌日早朝、大学の開門と同時に中庭を占拠し、実力で白門祭の開催を阻止することでともかくも意志一致した。

私は一九六九年中央大学に入学した。どの世代にもいえることだろうが、自分が何年に大学に入ったかということは重要なことだと思う。六九年入学組は、すでに大学を席捲していた日大・東大闘争を中心とする学園闘争を認識していた。私はそれに先立つ六七年十月八日の三派全学連の第一次羽田闘争、六八年一月の佐世保へのエンタープライズ寄港阻止闘争、さらには東大入試が中止となるきかっけとなった六九年一月の東大安田講堂攻防戦、それに呼応する神田カルチェラタン闘争に刺激を受けていた。本気で権力と闘っている学生がいる。そこに私を感動させる何ものかがあり、奮い立たせるものがあったのだ。一年浪人していた私は、なんとしても東京の大学に入りたいと思った。

この年の二月、中大の入試は駿河台校舎では行なわれず、別の場所で行なわれたのだが、中大がどんな大学なのか下見に行った。折りしも大学周辺では入試粉砕闘争が展開されており、御茶ノ水駅から中大に下る坂をはさんで機動隊と学生が対峙していた。いつの間にかデモの隊列の中に私は入っていたのだ。自分の入学を志願する大学の入試粉砕闘争に加担する、そんな馬鹿なことが、おそらく私のことだけでなくあの時代には起こったのだと思う。

さて二年近く経ったそのころ、私たちはかなり「消耗」していた。六九年に文学サークルに入るとは、学生運動をやるということとほぼ同義なのだが、後退戦のなかで闘争が過激化し、長期化するほど脱落していくものが多くなるのはいたしかたのないことだった。私たちの上の二学年、三年、四年生はほとんど脱落していた。それにこの白門祭粉砕闘争の過程で、私たちのサークル員二人が、民青の長時間にわたる陰湿なリンチを受けて離脱していた。残ったのは五、六人だっただろうか。

代々木寮で私たちに割り当てられた部屋に入って、私とそばにいた稲塚秀孝は思わず「おう」と声をあげて顔を見合わせた。部屋の壁には、マル戦文字で次の詩句が大書されていた。

おれは世界の何に似ればよいのか

北海道苫小牧市の出身で、現在、ドキュメンタリー映画監督の稲塚秀孝は、私たちのサークルの委員長であった。彼は当時、大江健三郎や井上光晴に関心を寄せて小説を書いていたが、すでに高校時代、恵庭事件——自衛隊の演習場の射撃訓練で、飼っていた乳牛の乳の出が悪くなったことに抗議して酪農家の兄弟が通信回線を切断した事件——のことを題材にとった「叫び」という演劇の台本を書いていた。東京への修学旅行の折には、自由時間にべ平連の事務局に吉岡勇一をたずねるほど政治的関心が高かった。また稲塚は、谷川雁らの「サークル村」にも関心をもち、大学四年の頃、九州の中間市に近い鞍手町に上野英信をたずね、回覧用の「サークル村」を貸与してもらったことがあった。今にして思えば、一面識しかない無名の学生に「サークル村」を預ける上野英信もすごいと思う。もちろん稲塚はコピーした上で雑誌を返した。彼はその復刻版を作ることを夢見たがそれはかなわなかった。稲塚と私は「破船」というその詩を暗唱できるほどによく知っていた。第四連までを引く。

象をころせ　獅子をころせ／しきりに水を飲む物語がはじまった／納屋の古い塩をとかして海

をつくった／／岸辺から酋長たちはしるしをみつけた／たいへんです　首が二つ生えてくる／あなたは複数を病んでいなさる／／ゆっくりと別れの合図をした／棕櫚の手触りする舟に穴をあけた／金星のようなおまえの眼で／みずから閉じるふさふさした尾を焼いた／／男だって虹みたいに裂けたいのさ／所有しないことで全部を所有しようとする／おれは世界の何に似ればよいのか

私たちにわり当てられた六畳の部屋の住人（もっとも当時一人一部屋ということはなかったと思うのだが）は、詩の好きな学生のようだった。かれの座り机の本立てには、何冊かの現代詩文庫のほかに、出版されたばかりの佐々木幹郎の『死者の鞭』や清水昶の『少年』があったことを覚えている。その部屋には夜具が一組しかなかった。夜具一組で私たち皆が暖をとれるはずがなかった。寒さで眠れないままに、私たちはボソボソと谷川雁のこの詩について話した。一行の詩が世界に向き合うことができる、その奇跡のような見事さについて。「おれは世界の何に似ればよいのか」、それは私たちの全共闘運動体験の核にある言葉のひとつだった。

当時のもうひとつの谷川雁にまつわる記憶。私は大学一年から二年にかけて、三鷹市の東京天文台の近くにあった国際基督教大学（ＩＣＵ）の民間寮、通称オオカミハウスにもぐりこんでいた。そこにはＩＣＵの学生だけでなく、卒業したのちも住み続けていた先輩たちがいた。さまざまな人間が出入りして、さながら梁山泊の趣を呈していた。私たちが「ソシアルルーム」と呼んでいた共有の部屋ではしばしば酒宴が開かれた。そのなかのＨという先輩はいつもきちんとした身なりをして出勤し、夜遅く帰ってきた。彼は遅れて私たちの酒宴に加わることがあったが、ある時、私はその席で谷川雁の詩のすばらしさを語った。するとふだんは寡黙なHさんが間髪を入れずに「おまえは雁がどんな人間か知っているのか。俺は雁と毎日闘っているんだぞ」と言った。彼は谷川雁が専務理事をしていたテックの社員で、反目していたのだ。「左翼が権力をもつとろくなことにならない」という意味のことを、語気を荒げて言ったことを私はよく覚えている。

2

私は福岡県久留米市に生まれ育った。久留米から一九四七年から五六年にかけて丸山豊が主宰した詩誌「母音」が発行されていた。「母音」は開業医だった丸山豊の人柄によるところも大きく、多くの優れた詩人が集まった。そのなかに谷川雁がいた。彼は久留米に住んだことはないが、久留米に接点をもち、丸山豊や森崎和江をはじめ何人かの友人、知己がいた。

雲がゆく／おれもゆく／アジアのうちにどこか／さびしくてにぎやかで／馬車も食堂も／景色も泥くさいが／ゆったりしたところはないか／どっしりとした男が／五六人／おおきな手をひろげて／話をする／そんなところはないか／雲よ／むろんおれは貧乏だが／いいじゃないか　つれてゆけよ

谷川雁の詩としては、もっとも初期の一九四八年九月発行の「母音」七号に発表された「雲よ」を引いた。一見して山村暮鳥の「おうい雲よ／ゆうゆうと／馬鹿にのんきさうぢやないか／どこまでゆくんだ／ずつと磐城平（いわきだいら）の方までゆくんか」（「雲　おなじく」）を想起させる。「雲よ」を抒情詩として読んでもよいが、私には背後に思想的な骨格が透けて見えてくるように思える。またむろんこれは私の思い込みに過ぎないが、この詩は、私に濃厚に久留米を感じさせる。筑後平野に浮かんだ雲を思わせる。

　福岡県は大きくいえば筑前、筑後、北九州、筑豊の四つの地域に分けられる。久留米から博多、小倉まではＪＲで一本だが、筑豊に行くには折尾で乗り換えなければならない。ずいぶん遠いところという感じがしたが、これは今もあまり変わらないだろう。筑後と筑豊では、風土においても気質においてもずいぶん違っていた。久留米を中心とする筑後は、筑後川の中・下流域にあって、温順で豊穣な田園地帯だ。気質としてもどこかのんびりとしている。一方で筑豊は、かつて日本のエネルギー資源として豊富な石炭の供給基地であった。遠賀川流域の男たちを指して川筋男と呼ぶ。代表的なイメージとして高倉健を思い浮かべてもらうと分かりやすいが、それは気性が激しいということだけでなく、男気があること指す言葉のことだ。谷川雁は、その筑豊、中間市に一九五八年から六五年に上京するまで住んだ。この期間のことはともに暮らした森崎和江の『闘いとエロス』に詳しく述べられている。この文章を書くために私はずいぶん久しぶりに読み返し、彼女の感情におぼれない、細やかで正確な筆致によって、血も汗も涙も流した生身の谷川雁を再確認した。彼女は谷川雁に深く惚れ、同時に本質的な批判者であった。「サークル村」創刊宣言（「さらに深く集団の意味を」）に「薩南のかつお船から長州のまきやぐらに至る」村をつくるとあるように、谷川雁という詩人にして思想家、オルガナイザーは、山口を含む九州という偏差のなかから生まれたと私は思う。

谷川雁は、一九五八年九月、上野英信、森崎和江、中村きい子、石牟礼道子らと「サークル村」を創刊する。「サークル村」は、中断をはさんで六一年九月まで三十一冊が刊行された。彼らの考えた「サークル」とは創造運動である。だから組織加入ではなく、個人加入が原則となる。けれどもなぜサークルなのか。「それは一方でサークルが古い共同体の気分を或る濾過装置を通していさゝか純粋な連帯感として反映しているだけでなく、他方で日本文明の論理世界をもっとも通俗的に表現している」と述べ、「サークルは知識人と民衆の両面に対する断絶が比較的少ない領域」（いずれも「さらに深く集団の意味を」から引用）とも言っている。

終刊したあとに谷川雁は「サークル村始末記」を書いている。そのなかで共産党を離党したがっていた上野英信を引き止め「日本の諸運動を内部から批判する支点としては、いまのところ文化主義、サークル主義の衣をすすんでまとうよりほかに大衆的な基盤がない」、「（中間層意識を）呼び水としてより下層のプロレタリアの行動をひきだそう」と試みて、共産党に賭けたと述べているが、そううまくはいかなかった。森崎和江は『闘いとエロス』のなかで「「サークル村」の特質は集団内の一種の熱気であって、それを生み出させつづけたのは谷川雁の指導力と彼の方針へ対する共産党の圧力に抗する会員の結集だった」と記している。

この「サークル村」の活動と前後する一九六〇年八月、谷川雁は、杉原茂雄、沖田活美、小日向哲也らと大正炭鉱労働者危機突破隊（のちに大正行動隊）を結成。翌六二年六月には、大正鉱業退職者同盟を結成し、退職金闘争を指導した。これらの運動の過程で大正行動隊の「組織原理」あるいは「掟」が作られた。それは「戦闘の思想的土台（講演記録）」『無（プラズマ）の造形――60年代論草補遺』所収）で語られ、「百時間」でも触れられている。「百時間」から引く。

1. やりたくない者にやれとは強制しない
2. 自分がやりたくないからという理由で、やる者をじゃましない
3. やらない理由をはっきりさせる
4. その理由への批判は自由
5. 意見がちがってやらなかったからといってそのことだけで村八分にはしない。意見が合ったとき行動すれば隊員と認める

私たちはこれを「大正行動隊テーゼ」と呼んでいた。学生時代、まだるっこい民主主義にいらだっていた私たちは、多数決の対極にあるこのテーゼに強い刺激を受けた。全共闘運動の初期には「大正行動隊テーゼ」に自覚的ではなかったにせよ、これに近いルールがあったように思う。けれども後退戦のなかで、こうしたテーゼを生かす余裕は私たちにはなかった。

桶谷秀昭が一九六一年の思い出として「谷川雁覚え書き」（「現代詩手帖」二〇〇二年四月号）でこのテーゼに関わって、自分の見聞した話を紹介している。谷川雁が、大正行動隊の屈強な青年

労働者三人を引き連れて上京したときのことだ。彼は五反田あたりの蕎麦屋の二階で、東京の労働組合の活動家十数名を相手に話し出した。行動隊のひとりは、いかにもつまらなさそうな顔をしていたがやがて高いびきをかいて眠ってしまった。ひとしきり谷川雁がしゃべったあとで質問ということになった。長年の組織運動で甲羅の厚くなった総評の運動家が反問した。そこのところを問答形式に直して引いてみる。

運動家「そんなやりかたでやったら組織はどうなりますか。われわれは労働者の生活にたいして責任があるんです。運動は生活がかかっているんです」。
谷川「そんなことを心配しなくてもいいんじゃないですか。生活がそんなに大事なら、運動なんかやめて貯金でもすればいいんだから」。

そのときいびきをかいて眠っていた男が、寝返りをうって二間続きの境の襖を蹴飛ばし、襖がはずれて運動家の頭の上に倒れかかった。私はこのエピソードを、いかにも谷川雁らしいイロニーの効いた物言いだと思った。

3

学生の当時、谷川雁には『谷川雁詩集』のほかに『原点が存在する』、『工作者宣言』、『戦闘への招待』『影の越境をめぐって』の四冊の評論集があった。このほかに評論集に収められていない多くの論考があった。「あんかるわ」別号（深夜版）１「特集・谷川雁未公刊評論」が刊行されたのは一九七〇年九月のことだ。この「未公刊評論」に収められた論考は、のちに谷川雁自身によって『無の造形（プラズマ）――60年代論草補遺』として刊行されたのだが「あんかるわ」別号の「青年と生物時間の背離」を読んだときの私の違和感は忘れがたい記憶として残っている。ちょっとしたことだ。

青年いっぱんに対する煽動は、できるかぎりやめたほうがいい。実践的煽動家としてのわたしはいまそう思っている。かれらは概して、まだあまりにも老いすぎている。かれらが何か新しいものを発見したり、発明したりするという神話から解放してやるのが煽動家の仕事だ。（中略）「わたしがいまのところ青年を煽動しないということを、裏がえしの挑発と思わなくてもいいですよ。でも十三人のうちにわたしの名前があるのを見落としていたとおっしゃるなら、いまのうちですよ」。

後半の「十三人のうちに私の名前があるのを……」のくだりは、日本読書新聞に皇室批判の匿名記事が掲載されたことを同紙が陳謝したことへの十三人連名の抗議を指すが、そのことは今は措く。問題はそのあとの「わたしがいまのところ青年を煽動しないということを……」のくだりだ。「青年を煽動しないということを」だって！　私には当時の学生運動の小指導者が学生を将棋の駒くらいにしか思っていない言動と、谷川雁の発言が重なって見えた。
闘争が長びくなかで大正行動隊、退職者同盟はさまざまな問題を抱え、亀裂を深めていく。『闘いとエロス』の終章「雪炎」の冒頭、森崎和江と谷川雁のあいだでこんなやり取りがあったことが記されている。

みるまに脱力していった。手を握りしめることができない。目がくらむのを踏みしめやっと椅子へ腰をおろすと、わたしは、／「会議を開きましょう。討議にかける。みんなの前であたし話します。あたしのどこが個別愛に過ぎないのか、みんなの批判をあおぎます。その結果にします。あたしの除名はあなたの感情で左右されるものではないわ。あなたの組織ではないんですから。／あれは労働者の組織なのよ」／と体をがくがくさせながら言った。室井（谷川雁──引用者）はつったってわたしをにらみつけ、／「おれの組織だ。あれはおれの私兵だ。おれの私兵をこそここそ組織するな。分派を形成して何をやる気だ！」といった。

私兵！　なんだな。「わたしがいまのところ青年を煽動しないということを……」に違和感をもったことと、この「私兵」は見事に照応しているのだ。一九六四年、大正鉱業が閉山し、一部支払われていた退職金のそれ以上の支払いの見込みがたたなくなった。「雪炎」の終わりに近く、閉山が決まったあとのことと思われるが、谷川雁の家に押しかけたひとりの坑夫が描かれている。

「きさんのごたる奴は、死ねっ！」／と包丁につかみかかった。／「やめろ、話をしたら分る」／室井がいった。／「話？　きさんの話が信用さるるか。きさんのことばが信用さるるか。おまえ自身が信じきらんことばをおれが信じられるか。／きさん、そげな魂のぬけたことばで労働者が釣れるち、思うか！　あ？　釣れるか？　きさん、釣った気色でおっとか？　あ？／ああ、おれは信じたよ。おれはきさんのことばば信じたばい。きさんの人間は信用しとらんが、きさんのことばを信じた。信じたばっかりに、おれは、もう少しで労働者で失うなるとこじゃったばい。それが分ったから、おれはきさんを殺しに来た。／きさんが男なら、男らしゅう、殺されっしまえ。のけ。そこをのけ！　殺されるのが、おとろしいとか！」／家中ふるえるごとき声をあげて、包丁をおさえている室井の前に立ち、かっと目をあけてにらんでいた。静寂がつづいた。やがて、涙をこぼした。／「きさんの命をとったっちゃ、なんならん。そげなもん、きさんにくれてやる。／たった一つ、約束しちゃんない。あんた、二度と労働者ちゅうことばをいわんでくれんの。労働者ちゅうことばをいわんでくれ。それだけば、おれに約束してくれんな。ほかの話はいらん。そして二度と労働者の前に面だすな。／たのむ……」／そしてながいこと泣き、だまって出て行った。

一坑夫の真情の吐露として、これほど迫真性のある言葉はない。この坑夫は何を言いたかったのだろう。谷川雁という人間は信じられないが、谷川雁のことばを信じた。おかげで自分は労働者ではなくなるところだった。命はいらない。ただお前は、今後二度と労働者ということばを使うな。労働者の前に顔をだすな。

人間は信じられないが「ことば」は信じたとはどういうことだろう。「ことば」を信じたばかりにすんでのところで労働者ではなくなるところだったとはどういうことだろう。本当のところはわからないけれども、この痛罵が闘争を指導してきた谷川雁に対する渾身の批判であったことだけは伝わってくる。それは谷川雁にとっても肺腑に刺さる言葉だったに違いない。一九六五年、九州から革命を起こすことを夢見た谷川雁は、退職者同盟から離縁を通告され静かに筑豊を去っていく。同年秋、上京した谷川雁は、株式会社テックに開発部長として入社、のちに専務理事となる。六六年、ラボ教育センターを創立し、外国語習得運動の組織化にたずさわる。当時テックの社員でテック労働組合の書記長を務めた平岡正明は、いくつかの論考で谷川雁を批判した。「谷川雁の不愉快な非転向」（『地獄系24』所収）から引く。

谷川雁の思想は、徹頭徹尾反労働者的である。老いぼれるにしたがってますます正体があきらかとなろう。五年ほど前まで、彼は筑豊炭田の失業炭鉱夫の意見を代表していたふうを装っていたが、そのじつは労働者の精神を搾取していたにすぎない。彼は非転向者である。もともと人を支配したいという権力意欲によって狂ったように駆りたてられていた一人の陰険な植民地主義者にはかかわりなかった。

ここに描かれているそのままであっただろう。またＩＣＵ出身のＨさんから聞いた話もそのことを補強する。けれども不思議なことに当時、批判されればされるほど私たちのなかの「谷川雁神話」は強固になっていくばかりであった。川筋男たちを相手にしていた谷川雁にとって、都市インテリゲンチャのほうがはるかに御しやすかっただろう。

4

一九八〇年代に入って、谷川雁は執筆活動を再開した。けれどもそれはかつてのように私をひきつけるものではなかった。ことに一九八五年「詩ではなく詩のように」というエピグラフの入った『海としての信濃』が刊行されたとき、私は落胆した。というよりも、憤怒に近いような感情が身のうちを走るのを感じた。これは私たちが大切にしてきたなにものかに対する、決定的な裏切りではないのか。そして一度だけ谷川雁を「見た」時のことを思い返した。七〇年代のなかば、私は何人かの人たちに、新宿のいわゆる文壇バーに連れて行かれて酒を飲んでいた。夏だっただろうか。そこに白っぽい服を着てパナマ帽をかぶった谷川雁があらわれた。誰かが私に彼が谷川雁であることを教えてくれた。店は満員で、彼は入口のあたりでしばらくご機嫌に体をゆらゆらさせていたが、あきらめて帰ったようだった。筆を折ったはずの谷川雁が何で文壇バーに現れるのか、という思いがチラッと頭をよぎった。物欲しげじゃないかと思ったのはそのときだったか、あとになって思ったことであったか。

けれども私に谷川雁をふりかえらせる機会があった。彼が亡くなったあと「ＥＴＶ特集　詩人・谷川雁―坑夫と、安保と革命と」を見たときだ。そのなかで一九九二年に亡くなった井上光晴の弔辞を読む谷川雁が映し出されていた。「弔辞」より引用する。

ミツハル、いってしまったか。／「いく」という表現はかぎりなくおれをいら立たせる。おれが何を言おうと、おぬしは一切聞いていないじゃないか。オン・ザ・ロックの氷のようにおぬしは溶けた。自我の司令部を解体した。おぬしがのこした再現可能なものが集まり、いまあらためてはじめた自己運動の進化のほかにおぬしはもういない。／（中略）ミツハル、おぬしののこした文字についてはプロレタリアのプの字も分からぬ連中が、なにか言うだろう。あれこれの値札をつけるだろう。そんなものとわたりあうことをやめ、おれはただおぬしのことばの最後の一滴をこの世によびもどしたい。

水際立っているな、弔辞を読む谷川雁を見ていてそう思った。これは井上光晴への手向けの言葉にとどまらない、彼らが生きそして闘った戦後という時代への弔辞であったのだ。

私は一九六五年以降の谷川雁を確かめたくて、そのころ東急エージェンシーの制作本部長としてテックに関わっていた長谷川龍生に話を聞きたいと思った。二〇一一年十一月初旬、私は渋谷で長谷川氏と会った。以下はそのときのインタビューの一部である。

――長谷川さんは当時、東急エージェンシーにいらして、谷川雁とかかわりがあったということだが、当時はどんな状況だったか。
長谷川　谷川雁は榊原陽に協力してテックに入った。東急プラザ五階のワンフロア全部使ってやっていた。その広告については、東急エージェンシーが担当した。テックには雁の息のかかったものがたくさんいた。女性もいっぱいいいた。なんでこんなところに就職するのかなと思うくらいいた。
――平岡正明をはじめ谷川雁を慕って入社し、やがて反目していく人たちがいたが、そういう人たちについてどう思うか。
長谷川　雇われたほうにも問題がある。雇われたんだから、谷川雁を補佐しなければならない。そこに資本主義社会の会社機構ということを知らない甘えがあったのではないか。私のように地を這うようにして生きてきたものには、雁の態度がすぐに分かる。何をしなければならないが分かる。彼は詩を書かせればすごい。文章を書かせれば天下一品だし、しゃべるのはうまい。だけど雁のやることなすこと、何というか（笑）。
――たまたま谷川健一がいた酒席に私もいた。彼はまあ威張るというか、仕切る。それをみて谷川雁もそうだったのかなあと思った。
長谷川　健一も雁に似ているけれど、雁は健一を仕切るんだ。健一は雁に頭が上がらなかった。
――谷川雁は自分の立場を会社の専務理事以上でも以下でもないと言ったといわれるが、実際はどうだったのだろう。
長谷川　大学出の連中はみんなアンチ谷川だった。雁が九州からつれてきた労働組合関係の部長たちは谷川派で、雁の性格をよく知っていた。西日本新聞で労働争議を起こしたときから、雁の性格は変わらない。そして大正行動隊、退職者同盟のときも、一種人を脅迫するというやり方は変わらなかった。そういう戦略・戦法に長けていた。私自身は雁の性格を知っていたからうらみをもつとか、そんなしこりはなかった。

長谷川氏へのインタビューを終え、渋谷駅で別れた後、話の内容を反芻しながら、私が谷川雁に関心をもつのはやはり一九六五年、上京するまでなのだなと思った。そしてもう一度学生時代のことを思い出した。

丸山豊らの「母音」が終刊したあと、久留米から永田茂樹が主宰した「歩道」が発行されていた。彼は私の高校の国語教師だった。大学受験に失敗して一年浪人していた頃、永田茂樹に詩をみてもらいに行くと、彼は私を「歩道」の同人に推薦してくれた。「歩道」の同人のなかには何人か「母音」の同人がいた。そのひとりが開業医でもあった石田光明だった。彼の家で同人会が開かれていた。先年、亡くなった石田光明の長男Hとわたしは高校で同窓だった。石田光明と谷川雁はその後も交流があったらしく、私といっしょの年に東京の大学に入ったHは何度か谷川雁に会っていたようだ。あるとき、Hから聞いたことでひとつだけ忘れられないことがある。サルトルについてHが質問したとき「サルトルか、あれは思想のセールスマンたい」。それはサルトルが〇〇思想（たとえば実存思想の）のセールスマンだと言ったのか、思想一般をセールスマンのように売り歩く男という意味で言ったのか今にしてわからない。山手線の電車のなかで大学一年のころの記憶をぼんやりと思い返していた。

註　谷川雁の論考は『谷川雁セレクション』Ⅰ及びⅡから引用した。セレクションに収められていない論考は引用した著作を表記した。

（「飢餓陣営」三十七号　二〇一二年三月）

空虚としての戦後——一九七〇年　三島由紀夫ノート

1

三島由紀夫に「私の中の二十五年」（『蘭陵王』所収）というエッセイがある。自決の四カ月前に発表されたが、私は長い間、三島にこの文章があることを知らなかった。あるニュース番組の三島没後三十年の特集でその一節が紹介され、私は愕然とした思いにとらわれた。

私はこれからの日本に大して希望をつなぐことができない。このまま行ったら「日本」はなくなってしまうのではないかという感を日ましに深くする。日本はなくなって、その代りに、無機的な、からっぽな、ニュートラルな、中間色の、富裕な、抜け目がない、或る経済的大国が極東の一角に残るのであろう。

自決のすぐあとでなく、没後三十年にしてこの文章を知ったからこそ、私は深い衝撃を受けたのだと思う。「無機的な、からっぽな、ニュートラルな、中間色の、富裕な、抜け目がない、或る経済的大国」とは、私には今日のわが国の姿そのものに見える。三島はわが国の未来の姿を正確に洞察していたのだ。

私は昭和四十五（一九七〇）年十一月二十五日、三島が「楯の会」会員らと陸上自衛隊市ヶ谷駐屯地東部方面総監室に侵入し、自決した日のことをよく覚えている。中央大学ペンクラブに所属し、文化連盟に加入していた私たちは、秋口から大学の学園祭の開催をめぐって大学当局の正常化路線に与する民青系の学生たちと対峙していた。それは全共闘運動の後退戦のなかの小闘争に過ぎなかったが、その日は闘いの最終局面を迎えて私たちは緊張していた。前の晩、大学の学生寮に泊まり込んだ私たちは寒さでほとんど一睡もできなかった。

その朝、ＪＲ四ツ谷駅で合流する予定の仲間を待っていると、友人が私に目配せする。その先を見ると、楯の会の制服を着た若者がホームの売店で新聞を買っているところだった。軍服にしてはおしゃれで、礼装用とは分かっていながら実用的ではないぞという印象を持った。あとで彼は、自衛隊に突入したグループとは別に市ヶ谷会館に召集された会員であることを知った。

午後、大学北門の警備に当たっていた私は、朦朧とした頭で、通りすがりの見知らぬ学生から「三島が自衛隊に乱入したぞ」という話を聞いた。しばらくすると、また別の見知らぬ学生が「三島が死んだ」と手にしていた早版の夕刊フジを私に見せた。三島のことを知らせてくれたふたりの学生とも、なぜか浮き浮きとした表情であったことを今に忘れない。

その日、私たちは、夜まで大学中庭を「制圧」した。運動の後退局面で、しかもせいぜい百名足らずの学生で、夜を「制圧」することは画期的なことだった。大学の夜間部は民青の拠点校だったからだ。ゲバ民とかトロ民とか呼ばれていた「あかつき行動隊」の急襲を受けるかも知れない。そんな警戒感があったはずだが、私が覚えているのは三島の自決を報じる夕刊各紙を読みながら、仲間がにやにや笑っている姿だ。私もまた、にやにや笑っていたに違いない。三島自決の衝撃が、私たちに伝わっていなかったはずがない。あのにやにや笑いは、その衝撃を隠そうにも隠せない私たちの照れ笑いのようなものだったのだろう。

翌朝の新聞に、私たちの大学を取材した記者の記事が載っていた。三島の死を受けて、全共闘の学生たちは「ジンセー、フンサイ、トーソー、ショウリー」と叫んで気勢をあげていたと書かれていた。記者が「民青」を「人生」と聞き違えたか、聞き違えたふりをしたかは分からないが、同じサークルの稲塚秀孝と新聞を見ながら「まさか人生を粉砕しやしないだろう」と苦笑したことを昨日のことのように覚えている。

三島の死の前年、私は大学に入学した。ペンクラブでは三島ゼミに参加したので、彼の主だった作品やいくつかの思想に関わる本は読んでいた。わが国の小説家では、三島のほか、安部公房、吉行淳之介、島尾敏雄、井上光晴、大江健三郎、倉橋由美子などの作家がサークルのなかではよく読まれていた。それらの作家を含む講談社の戦後作家の文学全集「われらの文学」は、私たちの必携書であった。ただ特に三島の作品に魅かれたというわけではない。強いて三島ゼミに参加した理由をあげれば、彼が自衛隊に体験入隊したり、「楯の会」を結成したりして、世間の耳目を集めていたからといえばよいか。しかしそれは私たちには、三島のスタンドプレーとみえたのだ。

三島の「独楽(こま)」(『蘭陵王』所収)というエッセイは、その当時読んだ。「独楽」は井上光晴が編集する「辺境」に掲載された。それを井上の作品を好んだ稲塚の部屋で借りて読んだが、事情通の彼が、思想を異にする三島に誌面を提供したことで井上が批判されたらしいという意味のことを言った。私はその物言いにいくらか反発したように記憶している。思想を異にするからこそ、誌面を提供して何が悪いと。

「独楽」は、三島の家を訪問した男子高校生の話だ。三島は紹介状なしの訪問客を断っていた。しかし紹介状もなく、三島に面会を求めて家の前で三時間以上立っている高校生を、家政婦は同情して礼儀をわきまえていそうな少年だから会ってやってほしいという。そこで三島は、外出する前の五分間だけ会うことにした。三島は時間がないから、一番聞きたいことをひとつだけ質問をしてよいと言う。すると少年は質問した。「先生はいつ死ぬんですか」。その質問は三島の肺腑を刺した。亡くなる年の春の話だ。

三島の晩年のエッセイや発言を虚心に読めば、死の予告のサインはいくつも出ていた。そのサインを、私たちは少年のように直截に見抜くことができなかった。思うにこの「辺境」は、三島の生前に発行されているけれども、稲塚の部屋で読んだのは自決の直後ではなかったか。自決の衝撃によって私はこのエッセイをよく記憶しているのではないか。

この三島事件の日を境に、私たちはサークル組織として学園闘争から離脱した。事件の日に大学祭開催阻止は実現したのだから、個人的にはこんな消耗戦はもうやっていられないと言えばすむことだった。だが事情はそんなに簡単ではなかった。大学当局は、暴力破壊活動を行なったサークルは自己批判せよ。自己批判したサークルには、サークル予算を執行すると通告していた。私たちは、大学から雑誌発行の費用を出してもらうためにサークルに入ったわけではなかった。組織として自己批判することは当然拒否することにしても、消耗戦のなかで闘争を継続するには、多大のエネルギーを要する。これ以上闘争を続ければ、肝心の文学ができない。サークル会議が何度かもたれ、翌年春、ペンクラブは解散を宣言した。

大学祭開催阻止闘争が終わったころから、私はサークルの先輩の紹介で、大学の近くにあったTD大学の図書館でアルバイトをはじめた。大学には試験の時以外はほとんど寄りつかなかった。夜間部の学生が相手のアルバイトだったから、仕事は午後四時半から九時までだった。夜から朝まで読書をし、ものを書き、朝方寝て昼過ぎに起きる。そういう生活を大学三年、四年と続けた。そうしたくらしのなかで、いつしか三島事件の衝撃は薄れていった。

2

この一月ほど間、三島の戦後の主だった小説と批評を読んでみた。これらの大半は、学生時代に読んだものの再読だ。私は三島が戦後の優れた作家であることを認めるが、この再読で文学の問題としてなにかを発見したということはなかった。世間的な評価は別として、三島自身は、自分の書いた作品にどれほどの手応えを感じ、満足を感じていたのか。「私の中の二十五年」で、三島は「なるほど私は小説を書きつづけてきた。戯曲もたくさん書いた。しかし作品をいくら積み重ねても、作者にとっては、排泄物を積み重ねたのと同じことである」と徒労感を露わにしている。

三島の最も早い文学の友人であった林富士馬は、いささか舌足らずに、けれども直感的にそれを「新官僚派の文学」と言った。三島は作中人物が、作家の思惑を超えて語り出すことを認めずに、厳重に作家の管理下においた。三島はどこかで、自分に無意識はないということを語っていたと記憶するが、彼の文章はすみずみまで計算されていて、よく言われることだが技巧的であり、その文体は人工性を感じさせる。

私が今度の再読で関心をもったのは、戦中から戦後にいたる三島の精神の遍歴である。彼は「私の中の二十五年」のなかで「自分では十分俗悪で、山気もありすぎるほどあるのに、どうして「俗に遊ぶ」という境地になれないものか、われとわが心を疑っている」とも書いている。私に関心があるのは、ついに「俗に遊ぶ」ことのできなかった三島の「愚直さ」である。

三島の「仮面の告白」は、自伝的色彩の濃い作品である。私はこの作品のなかで、彼の幼少期の家庭環境、応召時の反応、敗戦を迎えた時の感想について関心がある。既に多くの人が指摘しているように、三島の幼少期の家庭環境は尋常ではない。彼の父は、農林省水産局長を務め、また祖父定太郎は樺太庁長官を務めた官僚の家に生まれた。定太郎は長官時代、疑獄事件に関わり失脚した。このことがなければ、三島の家はいずれ爵位を得る家柄であった。彼は生まれてまもなく、父母の手から離されて、癇性の強い父方の祖母のもとに置かれた。これは今日でいう「おばあちゃんっ子」とはわけが違う。父母と祖母の力関係によって、三島は祖母に奪いとられ、極端な溺愛のされかたをした。より客観的にいえば玩弄されたといったほうが正確かも知れない。

祖母が私の病弱をいたわるために、また、私がわるい事をおぼえないようにとの顧慮から、近所の男の子たちと遊ぶことを禁じたので、私の遊び相手は女中や看護婦を除けば、祖母が近所の女の子のうちから私のために選んでくれた三人の子だけだった。

男の子としての遊びを禁じられ、幼くして祖母や父母の顔色をみながら育つ。利発で感受性の鋭かった三島が、そのような不自然な幼少期をもったことの不幸は、その後の生き方に大きな歪み、軋みをもたらしたであろう。三島がバイセクシュアルであったことはその結果のひとつに過ぎず、彼の文武両道という意志的・克己的な生き方、その衝撃的な死をも深いところで規定していたのではないか、と私には思えるのだ。

三島は昭和十九（一九四四）年五月、本籍地の兵庫で徴兵検査を受け、第二乙種合格。翌二十年二月、応召して、本籍地で入隊検査を受けた。その時、彼は風邪をひいていた。「仮面の告白」には次のように書かれている。

薬で抑えられていた熱がまた頭をもたげた。入隊検査で獣のように丸裸かにされてうろうろしているうちに、私は何度もくしゃみをした。青二才の軍医が私の気管支のゼイゼイいう音をラッセルとまちがえ、あまつさえこの誤診が私の出たらめの病状報告で確認されたので、血沈がはからされた。風邪の高熱が高い血沈を示した。私は肺浸潤の名で即日帰郷を命ぜられた。

そして「私」は、「ともかくも「死」ではないもの、何にまれ「死」ではないもののほうへ」と駈けていったのだ。これでは消極的な意味での応召忌避ではないのか。戦争の是非を問わず、戦争ははじまっていたのだ。その時に、青年たちはどのような行動をとったか。このことについて、私はこれまで戦中世代の人たちを意識的にみてきたつもりだが、これがのちに自衛隊で自決を遂げた三島の姿であったかと驚くのだ。もっとも父の梓は、『伜・三島由紀夫』のなかで、家族は三島が帰ってきたことを喜んだが、「家内の言うのには、伜は、『合格して出征し、特攻隊に入りたかった』とか真面目に申していたそうです」と書いている。いずれにせよ、当時の三島にとって死は既定のことであった。ところが戦争は終わる。「仮面の告白」のなかで、敗戦の何日か前、父親から確かな筋の情報として示された英文の写しを見て、「私」は次のような感想をもつ。

私はその写しを自分の手にうけとって、目を走らせる暇もなく事実を了解した。それは敗戦という事実ではなかった。私にとって、ただ私にとって、怖ろしい日々がはじまるという事実だった。その名をきくだけで私を身ぶるいさせる、しかもそれが決して訪れないという風に私自身をだましつづけてきた、あの人間の「日常生活」が、もはや否応なしに私の上にも明日からはじまるという事実だった。

死の側から生の側へ投げ返されるということは、三島だけに起こったことではない。当時の多くの青年たちは戦争が終わった時、程度の差こそあれ、ある種の虚脱感をもっただろう。橋川文三は、三島と同年代で彼のよき理解者であり、かつ峻烈な批判者であった。彼らはそれぞれに「日本浪曼派」の作家たちに強い関心をもっていたこと、また橋川も丙種合格で、直接、戦場に赴かなかったことでも共通している。橋川は「夭折者の禁欲」（増補『日本浪曼派批判序説』所収）のなかで、戦争について「あるやましい浄福の感情なしには思いおこせないものである。それは異教的な秘宴（オルギア）の記憶、聖別された犯罪の陶酔感をともなう回想」であり、「永遠につづく休日の印象であり、悠久な夏の季節を思わせる日々であった」と述べている。

戦争が終わり、「日常生活」がはじまるとは、こうしたモラトリアムの日々の終了を意味した。死を既定のことと了解しながら、警報が鳴れば原稿を抱えて防空壕に逃げ込み、文学的交際も絶え、自分一人だけの文学的快楽に耽っていた三島にとっての戦後とはどのような時代であったか。

3

三島は「私の中の二十五年」で次のように書いている。

私は昭和二十年から三十二年ごろまで、大人しい芸術至上主義者だと思われていた。私はただ冷笑していたのだ。或る種のひよわな青年は、抵抗の方法として冷笑しか知らないのである。そのうちに私は、自分の冷笑・自分のシニシズムに対してこそ戦わなければならない、と感じるようになった。

三島は戦後二十五年という時間を、その真中の昭和三十二(一九五七)年ごろで分け、それ以前の時代に対して「冷笑」していた自分と、それ以降の自分のなかの冷笑・シニシズムと戦ってきた自分とを見ている。三十二年ごろを境に、三島のなかに何が起こったのか。彼は昭和三十三年から三十四年、一年三カ月をかけて書き下ろし長編一千百枚の『鏡子の家』を書いた。

資産家の娘で、夫と離別して信濃町駅近くの屋敷に住む鏡子の家には、大学で拳闘部の主将をやっている峻吉、美術大学を出て才能ある日本画家の夏雄、美貌の俳優だが端役しかまわってこない収、そして商事会社に勤務するエリートでひそかに世界の崩壊を信じている清一郎の四人の青年が集う。職業も性格も違う彼らに共通しているのはストイックなところだ。誰かが誰かに影響を与えたり、干渉したりすることはない。彼らはそれぞれの宿命を生きる。

収は母親の喫茶店を乗っ取ろうとした高利貸の女と心中し、峻吉はプロに転向し全日本フェザー級チャンピオンになるが、チャンピオンになった当夜、町のチンピラに絡まれ、右手の拳を粉砕骨折してボクシング生命を絶たれ、右翼団体に加盟する。富士山麓の樹海を描きに来た夏雄は、樹海を見ているうちに精神のバランスをなくし、しばらく神秘主義にとりつかれる。清一郎は、副社長の娘と結婚し、ニューヨークに赴任する。妻をアメリカ人の男に寝取られながらも、世界の破滅の日まで生きぬかなければならないと思っている。

この『鏡子の家』は不評であった。不評の理由は読んでみれば分かることだが、作者の意図が露わになっていて意外な展開を抑え、小説としての面白みに欠けるからだ。たとえば清一郎は世界の崩壊を信じているが、それがどのような種類の崩壊なのか、最後まで明らかではない。ただ三島の精神の遍歴をたどるうえで、私には興味深い小説だ。三島は戦争中から、一部で刮目された才能であった。あのまま戦争で死ねば夭折した天才であったかもしれない。彼はボディビルで肉体を改造し、一時はボクシングジムにも通った。彼はまた銀行家のような勤勉な小説家で、原稿の締切りはきちんと守り、夜のつきあいはどんなに打ち解けた会合でも十一時には切りあげたという。つまりこの小説に登場する四人の青年は、それぞれにどこか三島を想起させる。ロアルト・ダールの「あなたに似た人」（「SOMEONE LIKE YOU」）なのだ。

　物語は、戦争が終わって十年の後という設定になっている。冒頭の「みんな欠伸（あくび）をしていた」という言葉に象徴されるように、時代は戦後の混乱を潜り、ともかくも相対安定期に入って精神の頽廃と倦怠がはじまっていた。裏を返せば、三島は焦れはじめていた。戦争による破滅は、ついに彼自身には及ばなかった。世界の崩壊を信じている清一郎が、どのような破滅がやってくるのか明らかにできなかったのは、いまだ三島自身に破滅の内容が分明ではなかったのだから、当然と言えば当然のことだった。しかしこの破滅の通奏低音は、既に昭和三十一（一九五六）年に書かれた『金閣寺』のころから三島のうちに響いていたのではないか。『金閣寺』の主人公は、友人に借金の返済を迫られ、世界の破局を前にして、返済の義務があるだろうかと自問している。また昭和三十七（一九六二）年の『美しい星』は、自分たちを宇宙人だと信じ、地球を救おうと活動する一家が、救済を断念し空飛ぶ円盤に乗って故郷の星へ還ってゆくところで終わっているのだ。

三島は、昭和四十一（一九六六）年に刊行された『英霊の声』の巻末の「二・二六事件と私」のなかで、次のように述べている。

一方、私の中の故知れぬ鬱屈は日ましにつのり、かつて若かりし日の私が、それこそ頽廃の条件と考えていた永い倦怠が、まるで頽廃と反対のものへ向って、しゃにむに私を促すのに私はおどろいていた。（政治的立場を異にする人たちは、もちろんこれをも頽廃の一種と考えるだろうことは目に見えている。）（中略）私の精神状態を何と説明したらよかろうか。それは荒廃なのであろうか、それとも昂揚なのであろうか。徐々に、目的を知らぬ憤りと悲しみは私の身内に堆積し、それがやがて二・二六事件の青年将校たちの、あの劇烈な慨(なげ)きに結びつくのは時間の問題であった。

三島は二・二六事件という主題を得ることによって、ようやく戦後という時代に生きる自分のなかの頽廃から抜け出す契機をつかんだ。それは一方で、彼のなかで予兆としてしかとらえなかった破滅に、結果としてたしかな道筋を与えることになった。彼は後戻りすることなく、昭和四十五（一九七〇）年十一月二十五日、市ヶ谷駐屯地の東部方面総監室のバルコニーに立つ日に向かって突き進んで行くのである。

二・二六事件は、日本の近代史のなかで唯一成功しかけた革命（クーデター）であった。昭和十一（一九三六）年二月二十六日未明、陸軍内部の皇道派将兵千四百人が決起し、政府要人を殺害、重傷を負わせ、首相官邸、陸軍省など要所を同月二十九日まで四日間にわたって占拠した事件である。反乱軍の目的は「君側の奸」を除き、昭和維新を断行することにあった。

三島は、この二・二六事件の性格について「「道義的革命」の論理——磯部一等主計の遺稿について」（『文化防衛論』所収）のなかで「二・二六事件はもともと、希望による維新であり、期待による蹶起だった。というのは、義憤は経過しても絶望は経過しない革命であるという意味と共に、蹶起ののちも「大御心に待つ」ことに重きを置いた革命であるという意味である」と述べている。また「二・二六事件について」（『蘭陵王』所収）で「二・二六事件は、戦術的に幾多のあやまりを犯している。その最大のあやまりは、宮城包囲を敢えてしなかったことである。北一輝がもし参加していたら、あくまでこれを敢行させたであろうし、左翼の革命理論から云えば、これはほとんど信じがたいほどの幼稚なあやまりである。しかしここにこそ、女子供を一人も殺さなかった義軍の、もろい清純な美しさが溢れている」と書いている。

しかし私はやはり賛成しかねるのだ。本庄繁が記した「騒乱の四日間」（『ドキュメント昭和史2』所収）によれば、「大御心に待つ」と言われた当の昭和天皇は「朕が股肱の老臣を殺戮す、かくのごとき兇暴の将校等、その精神においても何の恕すべきものありやと仰せられ」、「武官長に対し、朕自ら近衛師団を率い、これが鎮定に当たらんと仰せられ」たという。これは天皇個人の怒りによるというだけでなく、立憲君主としてまっとうな判断だったと私は思う。なぜ反乱将校は、「大御心」を事前に研究してみなかったのだろう。また宮城包囲は、とりもなおさず天皇を恫喝して天皇親政を促すことにほかならない。これは当時の国民の憤激を買うことになり、皇道派として採用できる戦術ではないことは自明のことだ。

昭和四十一（一九六六）年に発表された「英霊の声」は、ある浅春の夕、死者の霊が語る帰神（かむがかり）の会に出席した「私」が、明け方までに見聞した一部始終が述べられている。その夜、降霊したのは、二・二六事件の決起将校であり、また戦死した特攻隊員である。彼らはくりかえし「などてすめろぎは人間（ひと）となりたまいし」と「現人神」であった天皇が、戦後「人間宣言」をしたことを批判するのだ。私は天皇が最終的な判断を下してポツダム宣言を受諾し、また戦後、退位せず日本国に正当性を与えたことを評価する。私は非凡の賢明さが天皇にあったことを認める。にべもないことを言ってしまうが、もともと近代主義者であった天皇が「人間宣言」をすることは当然の成り行きであったと考える。この問題に関しては、どのような意味でも三島と議論の接点をもてないのだ。

4

三島の太宰治嫌いは有名だ。彼は「小説家の休暇」（『三島由紀夫文学論集』所収）のなかで、太宰について、いささか感情的に顔が嫌い、田舎者のハイカラ趣味が嫌い、女性と心中など自分に適しない役を演じたことが嫌いと言い、「太宰のもつてゐた性格的欠陥は、少くともその半分が、冷水摩擦や器械体操や規則的な生活で治される筈だつた」と言っている。また「私の遍歴時代」（『私の遍歴時代』所収）では、「笈を負って上京した少年の田舎くさい野心のごときもの」をやりきれないと言い、『斜陽』のなかの「お勝手」とか「お母さまのお食事のいただき方」などという言い方は、旧華族の娘の言葉づかいではないと言っている。

実際、太宰には被害妄想的なところがあり、その女々しさは、これが浪曼派のイロニーを体現する作家であろうかと思わせるところがある。保田與重郎によれば、太宰は東京の新聞をとらず大阪の新聞を読んでいた。なぜなら東京の新聞には文芸時評が載っているからで、自分の批判が載る新聞を嫌がったからだという。しかし、太宰を田舎者と言い、その貴族の言葉づかいを難詰するのなら、爵位を得たかもしれない家柄に育った三島もまた、二・二六事件の背景にある自分の娘を身売りしなければならなかったほどの農村の疲弊と、そのことに義憤を感じて蹶起した将校たちの本当の心情を理解できなかったではないか。二・二六事件三部作「英霊の声」、「憂国」、「十日の菊」に欠落しているのはこうした問題で、これらを包含した作品を三島が書いていたなら、私の三島理解はもっと違ったものになっていただろうと思う。

三島と太宰、このふたりに共通するのは、時代の寵児となったその頂点のところで死を迎えているところだ。一方は、戦後の混乱のなかの無頼派の作家として、一方は、七〇年安保の前の騒然とした時期にその「反革命」的立場を鮮明にした作家として。別の言いかたをするならば、頂点に立つまでは、彼らは死を先延ばしにしていたのだ。しかし私は太宰の晩年の『人間失格』や『斜陽』といったひとの弱さにつけいるような作品より、戦争中にこつこつと書かれた『お伽草子』や『津軽』、また初期のいくつかの作品のほうを評価する。私は三島の畢竟の大作といわれる「豊饒の海」四部作を評価できない。恋愛小説としての『春の雪』、行動小説としての『奔馬』まではともかく、あとは起承転転の小説ではないか。三島も太宰も、世間の耳目が集まった時には、彼らの小説家としてのピークは過ぎていたのだと私は考える。

冒頭に引用した「私の中の二十五年」は、三島の死の決意のポイントオブノーリターンを超えて書かれている。繰り返すが、三島の「無機的な、からっぽな、ニュートラルな、中間色の、富裕な、抜け目がない、或る経済的大国」というわが国の未来の姿の洞察は鋭い。しかし私は、この文章によって三島が自分の死を解説したことにはならないとも思っている。ひとは世の中を絶望しただけでは死なない。太宰の真の心中の動機が、結核の進行による「衰弱死」であるといえば、納得してくれるひとがいるかもしれないが、三島の死を「衰弱死」だというと、大方は賛成してくれないだろう。しかしボディビルで鍛え、身体が頑健であっても、破滅へ向かう情熱の激しさは、別の見方をすれば、著しい精神の衰弱と私には映ってしまう。三島の精神は、戦後四半世紀以上、生きることに耐え得なかったのだと思う。

あれはペンクラブが解散宣言を出したあとだったと記憶する。久しぶりに大学に顔を出した私は、教室でクラスメイトの女子学生と話をしていた。どんな話のきっかけからだったか、彼女はふとバッグから「われらの文学」の『三島由紀夫』を取り出して、今この本を読んでいるけれど、「雨のなかの噴水」という小説は面白い、こんな小説を書いていたら死ぬこともなかったのにね、という意味のことを言った。

私はまだ読んでいなかったこの短篇を、自分のアパートに帰って読んでみた。こんな話だ。少年は人生で最初の別れ話をした。少女はハンカチを出して拭うでもなく涙を流した。勘定書をつかんで少年は立ち上がる。外に出ると彼女は黙ってついてくる。雨が降っていて、傘は少年しかもっていなかったので入れてやるほかない。ふと少年は、雨の日にも噴水は出ているのか考えた。公園の噴水はさかんに水を噴き上げている。泣きやまない彼女に噴水を見せて、いくら泣いたってこの噴水にはかなわないぞと言う。歩き出す少年に少女はどこに行くのと聞く。それは自分の勝手だ、さっき別れると言ったと少年。彼女は動揺することなく普通の声で聞こえなかったと言う。衝撃を受けた少年はどもりながらでは、なぜ泣いたのかを問う。「何となく涙が出ちゃったの。理由なんてないわ」。

これも三島の計算され尽くしたコントといってしまえばそれまでだが、男女の機微をわきまえた佳品だ。こんな小説なら、三島の才能からすればいくらでも書けたであろう。死ぬことはなかったのだとつい思いたくなる。三島は戦後を空虚と感じ、その空虚を埋めるために「俗に遊ぶ」ことなくさまざまな手だてを講じた人だと思う。だが彼一人の力ではいかんともしがたく力尽きたのだ、というのが今の私の感想だ。

（「樹が陣営」第二十九号　二〇〇五年五月）

新宿というトポス——一九八二年　鮎川信夫ノート

1

鮎川信夫の『失われた街』（一九八二年）をほぼ三十年ぶりに読みなおした。『失われた街』は、森川義信の初期の「悒鬱な花」と総題が記された未発表詩篇七篇が見つかったことから書き起こされている。

森川義信は香川県の生まれで、昭和十二（一九三七）年、早稲田第二高等学院英文科入学。在学中、詩誌「ＬＵＮＡ」「荒地」などに参加。鮎川信夫はじめ、中桐雅夫、田村隆一、北村太郎、三好豊一郎ら、戦後の「荒地」同人たちと交遊した。昭和十六（一九四一）年四月、丸亀歩兵連隊に入隊。翌十七年八月、ビルマのミートキーナで戦病死した。森川の詩は戦後、年刊で刊行された『荒地詩集１９５１』に総題「虚しい街」として六篇の詩が収められている。そのなかの「勾配」(註)を引く。

非望のきはみ／非望のいのち／はげしく一つのものに向かつて／誰がこの階段をおりていつたか／時空をこえて屹立する地平をのぞんで／そこに立てば／かきむしるやうに悲風はつんざき／季節はすでに終りであつた／たかだかと欲望の精神に／はたして時は／噴水や花を象眼し／光彩の地平をもちあげたか／清純なものばかりを打ちくだいて／なにゆえにここまで来たのか／だがみよ／きびしく勾配に根をささへ／ふとした流れの凹みから雑草のかげから／いくつもの道は　はじまつてゐるのだ

何かは判然としないが、ひとりの青年の挫折、それも決定的な挫折とそれでも再起の道を求めようとする意思の潔癖さにおいて、戦前に書かれた詩にもかかわらず、この詩は一九五一年という時間を他の「荒地」の同人とともに生きている。ずいぶん昔のことだが、私が最初に持った印象はそうしたもので、今度読みなおしてもその印象は変わらなかった。

ところが『失われた街』で「勾配」は、鮎川と森川と東京LUNAクラブのメンバーで津田英学塾に通っていたTという女性との三角関係の問題に関わっているという。昭和十四（一九三九）年の夏のはじめ、三人は箱根に泊りがけで遊びにゆく約束をしていた。直前になって森川は、鮎川に旅行に行くことをおりてもらえないかと切り出す。鮎川はこれを応諾する。旅行の翌日、鮎川はTの訪問を受けなじられる。Tに森川でなく、鮎川が好きだったことを告白される。一方で森川はTに真剣に恋をしていた。この年の十月のはじめに「勾配」は成立した。「勾配」について、鮎川は「なによりもまずTさんとの恋愛の挫折を代償として成立した作品だった」と述べている。

もしこの恋愛がうまくいっていたならば、森川はこの年の十二月に退学することはなかったかもしれない。また兵役が就くのが早くならなかっただろうし、さらにはビルマで戦病死することもなかっただろうという。

鮎川の仮定は、かけがえのない友人を亡くした悔恨として受けとめることができる。まだ三人とも二十歳前後だったとはいえ、私たちの二十歳前後のことを振り返ってもちょっとした人間関係の行き違いが、その後の人生を大きく変えることをずいぶんと経験してきた。ただ鮎川の仮定はあまりに自分を責めすぎている。大学を早く中退しようが、出征が遅かろうが生死はそれだけでは決まるわけではない。逆に鮎川が戦死し、森川が生き残る可能性だって充分にあり得ることだっただろう。

もうひとつ、これは「悒鬱な花」の発見が、思いがけず「勾配」の成立の発見につながったような書きぶりになってはいるが、鮎川は「悒鬱な花」を機会にかつての三角関係を清算して書いておこうという気になったのではないか。鮎川がもてて、森川がふられた。それが彼の早世につながったのではないかとは、さすがに若い頃の鮎川には書けない。四十年という歳月の癒しが『失われた街』を書かせたのではないだろうか。

高い欄干に肘をつき
澄みたる空に影をもつ　橋上の人よ
啼泣する樹木や

石で作られた涯しない屋根の町の
はるか足下を潜りぬける黒い水の流れ
あなたはまことに感じてゐるのか
澱んだ鈍い時間をかきわけ
櫂で虚を打ちながら　必死で進む
艸の方位を

「橋上の人」は戦中に書かれたもの、戦後に書かれた未定稿、決定稿の三つのバージョンがあるが、ここでは戦中に書かれた「橋上の人」の第一連を引いた。戦地におもむく鮎川にとっては、戦前、戦中までの自らの文学の総括として、また当然、遺書として「橋上の人」は書かれたであろう。たとえば「澱んだ鈍い時間をかきわけ／櫂で虚を打ちながら　必死で進む」というスタンザと「清純なものばかりを打ちくだいて／なにゆえにここまで来たのか」のそれとは、書かれた発端が死地へおもむくという覚悟によってであれ、恋愛の破局であれ意思の潔癖さにおいて共通している。そしてそれは、詩を思想の側へ押し出しているのではないか。

学生時代、鮎川信夫らの青春時代が描かれた堀田善衞の『若き詩人たちの肖像』を友人から借りて読んだ時、彼らの集まる店のひとつとして「ナルシス」という洋酒を飲ませる店がしきりに出てきた。その友人と飲み歩いているとき、あれが「ナルシス」だと指差して教えてもらったことがある。その時はさしたる関心もなく通り過ぎてしまったのだが、今度『失われた街』を再読してみて、鮎川の深夜のクルージングのあとを追うと、それらの店が、かつて私たちの飲み歩いた新宿の通りとほとんど重なることを知った。

「帝都座裏の酒場「NOVA」」の帝都座とは、当時、日活映画の封切館で、現在の伊勢丹の道路を挟んだ向かいのマルイだ。その裏ということは、天ぷらの「つな八」のある一角ということだろう。また「ナルシス」は、伊勢丹を四谷方向にわたった一角、末広亭の先にあったらしい。鮎川が森川に旅行に行くことをおりてもらえないかと切り出された御苑裏の「メイゾン」という店は、新宿御苑の脇の道に並行してあった飲み屋街、私たちの時代は緑苑街と呼んでいた一角であろう。

当時、私の通った中央大学は御茶ノ水駅の近く、神田駿河台にあった。学生会館のなかにあったサークル部室は、一度開いたきりロックアウトされたままだったため、サークルの集まりは駅の近くの喫茶店、そのあとの飲み会は駿河台下の古書店街の裏の飲み屋が多かった。けれども一方で新宿の喫茶店で会ったり、飲んだりする機会も多かった。なぜ新宿だったのかといえば、中央線沿線に住む友人や新宿を起点とする私鉄沿線に住む友人が多かったという事情のほかに、今にして思えば一九七〇年前後、新宿が独特のトポスであったからだということができる。

一〇・二一国際反戦デーの市街戦があり、新宿西口地下広場でフォークゲリラ集会があった。新宿は歓楽街であり風俗の街であったが、一方で文化を発信する街でもあった。紀伊國屋書店があって私はよくそこで本を買った。またその上には紀伊國屋ホールがあって映画「水の中のナイフ」や「灰とダイヤモンド」そして安部公房の芝居を観た。またアートシアター新宿文化があった。そこで「初恋：地獄篇」や「心中天網島」、「エロス＋虐殺」など多くのアートシアターギルドの映画を観た。さらに私が観たのは後年のことだが、花園神社では唐十郎の紅テント「状況劇場」が芝居を上演していた。そして、しばしばゴールデン街で飲み、西口小便横丁（思い出横丁）で食事をした。つまり新宿とは、あの時代の喧騒と享楽と文化がまじりあい混沌とした街だったのだ。

私たちの学生時代から三十年前のその新宿で、鮎川信夫たちのグループが喫茶店や酒場で歓談し論争した。私たちが新宿を去って十年ののち、鮎川は再び深夜のクルージングでこの街に降りたち、孤独に失われた街を感受したのだ。

2

東京で「ＬＵＮＡ」、「荒地」が発行されていた頃、福岡では矢山哲治を中心に「こをろ」が刊行されていた。あの戦争をくぐるなかで、鮎川信夫たちにとって森川義信という詩人が、運命的、象徴的な存在であったように、阿川弘之、小山俊一、島尾敏雄、那珂太郎、眞鍋呉夫ら「こをろ」の同人たちにとっても戦争中に死んだ矢山哲治という詩人は、運命的、象徴的な存在であった。矢山が「こをろ」に最後に発表した「鳥」（「こをろ」九号　昭和十六年［一九四一］年九月）という二行四連の三篇の詩の最後の一篇を引く。

わたしは鳥／もう一羽の鳥によびかける〃日が暮れるまで／羽がくたびれるまで飛んでゐよう
よ〃わたしは鳥／もう一羽の鳥がよびかける〃夜が明けるまで／羽が休まるときまで翔けてゐ
ませう

矢山は、晩年の立原道造が構想した「午前」の同人のひとりに加えられるはずだった。だから矢山のことを四季派傍流のマイナーポエットと位置づける人たちもいるが、私にはそうした枠に収まりきれない存在だったと思える。矢山は戦争へ向かっていくあの時代、「真にデモクラチックな自由と自治の団体」としての「こをろ」をつくろうとして悪戦した。ここに描かれた鳥は、すでに脚をもがれている、もう飛んでいることとしか、翔けていることしかできない鳥なのではないか。小山俊一にとっての矢山はどうであったか。小山の個人誌「アイゲン通信」No.5（一九七九・五）から、矢山の命日の夜の対話の一部を引く。

「おれは自殺したんだよ」
「わかってる。電車にとびこんだというんだろう。しかしあれは事故だったかもしれんのだ。お前のノイローゼは相当なもんだったからな。そしてそれはどっちだって同じことなんだよ。同じことだというところが大事なところなんだ。いいか——この世界では人間に自然死というのはない。世界死があるだけだ。その一方の極に他殺があって、その最大のものが戦争による国家殺人だ。他方の極に自殺がある。その両極のあいだに病死だとか事故死だとかいろんなのがはさまっているんだ。そしてどんな死に方もすべて世界死であるというのが人間の運命なのだ。戦争死はこの運命のむき出しの姿だ。自殺はこの運命を自分の手で執行するだけのはなしだよ。近頃は自死などといって世界の手をはなれたところで自前で死ぬことができるみたいな幻想があるがね、おめでたいはなしさ」

「つまらないゴタクだ。自死なんかくそくらえだ。おれは自殺したのだ」

「お前は世界の指先でひとひねりされたのだ、ほとんど他殺だよ。自分が電車にとびこんだのか、ひっかけられたのか、どっちだって同じことなのさ」

この世界には、自然死というものはなく世界死だけがある。一方の極に他殺が、また一方に自殺がある。他殺の最たるものが戦争による国家殺人で、矢山の死は自殺だったか事故死だったかを問うことがほとんど無意味な、世界の指先でひとひねりされただけの殺され死だったというのが小山の意見である。

いくらか解説が必要だろう。矢山は昭和十六（一九四一）年十二月、九州帝国大学農学部を三カ月繰り上げて卒業。翌十七年一月に応召したが、胸を病んで入院、十月、除隊したあと、十八年一月、電車に轢かれ自殺とも事故死とも判然としない死を遂げた。矢山は除隊後、精神が不安定になった。「こをろ」の仲間や同年代の若者が次々に応召してゆくなかで、ひとり兵役免除となって帰ってきた。彼はそれを負い目に感じていた。彼は時代の要請に一歩踏み込んで応えようとしたのだ。

もともと「こをろ」は、総じていえば「日本浪曼派」の影響をうけたグループであった。矢山にはその傾向が強く、彼は旧制福岡高校の先輩でもあった檀一雄との交遊もあった。一方で当時左翼的傾向をもつとみられていた九大新聞にも在籍していて、対米英開戦の翌日から数日間拘束され取調べを受けた。応召したのち、彼は幹部候補生試験を受け不合格であった。それが九大新聞に関わっていたことが理由と思われ、ショックを受けた。軍隊仲間の証言によれば、彼は「矢山を見習え」といわれるほどに模範的な兵隊で、「こをろ」同人のひとりは、早世の原因のひとつのように思えて残念だと述べている。

田村隆一の『若い荒地』に併載された座談会「『若い荒地』を語る」のなかで、「日本浪曼派」についての印象は、出席した鮎川信夫、三好豊一郎、北村太郎の発言を総合すると「だいたい日本浪曼派に凝った人は真面目というか、気味が悪いんだよ（笑）」（鮎川）、「みんな妙に熱狂的なんだ」（三好）、「……終わり頃になったら少しおかしくなったな」（北村）と語られていて、結果だけから言えば矢山哲治に似ている。たしかに戦前のモダニズム詩の影響を受けた詩人から見た「日本浪曼派」はそう見えただろう。

鮎川信夫はどうであったか。彼は極めて厭戦的であった。というよりも、当時、戦争に抵抗するどんな勢力もありはしなかった。鮎川は『戦中手記』のなかで次のように記している。

（……）一九四一、二年にあっては我々にとって希望は忌むべきものであり、絶望こそ正常な我々にふさわしいものと思はれた。我々は自分等の芸術活動をいちぢるしく封殺せられ、世は挙げて愚昧、無味乾燥、無批判、の悪風によって最後の大戦争に不可避的に突入しつつあった。その結果については我々は解り過ぎるほど解ってゐた。絶望の足りない連中で時潮に抗すると当局から目をつけられた学者や批評家、運動家の中では国賊として検挙される者があらはれ、いよいよ与論の統一がやかましくなってきたのであった。

この一節に『若き詩人たちの肖像』はよく照応している。昭和十六年十二月八日の対米英開戦の日、問題があると目された多くの知識人のみならず学生も検挙され、尋問された。そのなかに「ナルシス」の「マドンナ」と呼ばれた女性も入っていた。あまり酒を飲まない「良き調和の翳」こと鮎川信夫は、遅れてこのことを知り一言「やっぱり、絶望が足りねえんだなあ」とうそぶく。堀田善衞とおぼしき主人公は「絶望が足りない……！　それもまたこの戦争の時代に対する照射光線としては、特異に強烈なものであった」とその衝撃を書いている。もっとも鮎川の『戦中手記』と『若き詩人たちの肖像』がよく照応しているとしても、文章で述べることと、「絶望が足りねえんだなあ」と言うことは違う。堀田善衞の『若き詩人たちの肖像』は、いわばインテリ向けのエンターテインメント小説だ。これがどの程度まで事実であったかは定かではない。いずれにせよ私は、あの時代にあってひとよりものがよく見えるからといって、「絶望が足りねえんだなあ」とうそぶく青年があまり好きにはなれない。

鮎川は『戦中手記』のなかで続けて「僕は軍隊に入るといふことは、とにかく今迄の自分の行き詰った生活を別方向に展開せしめるといふだけでも、何かしら救ひになるに違ひないと期待した」と述べている。それだけ鮎川の精神状態は追いつめられていたといえるのだが、その期待はすぐに失望に変わる。「第一期三ケ月の教育は徹底的に上官の命令に従はねばならぬことを恐怖を持って教へられる。僕はこの期間の出来事を一々思ひ出してみる勇気はない」というのだ。

班長が僕をどう思ってゐたかといふことを知ったのは、彼が書いた僕の身上調査の書類を偶然の機会に盗視したからである。それはまだ入隊して二月ほどしか経たなかった時である。身上調査の様々な項目のうち、本人の性質特徴の項目だけ僕は素早く読みとったのである。何故僕がそんなことをしたのか、はっきり覚えてゐない。／「顔面蒼白にして態度厳正を欠く。音声低く語尾曖昧。総体的に柔弱の風あり」／僕はこの批評に感心した。これだけ適確に自分を浮彫にするやうな意地悪な世界に入ったのは勿論はじめてのことだった。僕はこの時何かしら勇気の湧きあがるのを覚え、脚がわなわな震へてゐたやうに思ふ。

実は私が大学時代に『戦中手記』を読んで以来、ずっと私のなかに残ってきたのはこの一節であった。学生あがりで厭戦気分の抜けない鮎川を、この班長は的確に見抜いただろう。第三者が下す自分に対する評価、それも意地の悪い評価に、彼ははじめて出くわす。「軍隊的に少しでも優秀になろう」と鮎川は決心し、実行する。お説教のかかった時は、いささかの逡巡をみせずに率先して右翼に出ること。率先右翼であることで彼は次第に認められるようになる。五尺七寸五二キロであった体重は、軍隊に入って一年とちょっとで七〇キロにまでなる。重くて担げなかった機関銃が、重いと思わなくなった。

　鮎川の軍隊体験の核となるようなエピソードに似たことを、私も社会に出ることによって何度も経験してきた。学生運動から離脱し、卒業し、生活していかなければならないと思って入った会社で、私も第三者が下す自分に対する評価、それも底意地の悪い評価というものにさらされた。そのつど私は『戦中手記』のこの一節を思い返した。「何かしら勇気の湧きあがるのを覚え、脚がわなわな震へ」る体験をした。見返してやるぞ、今に見返してやるぞ。そう思いながら私は職業的に鍛えられていったのだ。この一節が、私を奮い立たせてきたのだ。

3

『失われた街』を書いた前後から、鮎川の筆はぐんと力を増し冴えわたっていったように思える。『私のなかのアメリカ』（一九八四年）、『時代を読む』（一九八五年）、『擬似現実の神話はがし』（一九八五年）、『最後のコラム』（一九八七年）、『すこぶる愉快な絶望』（一九八七年）、『私の同時代』（一九八七年）。後の三冊は没後刊行された。いま私のまわりにある本だけでこれだけある。そしてこれらの本に私はさまざまに啓発され、時に反発したのだ。

『時代を読む』のなかの「連合赤軍・永田洋子の手記」で、彼女の書いた『十六の墓標』について「死への総括過程を、一人一人の生き方に照し合わせて、これだけ精密に記憶していたのは、彼女の同志愛が並々ではなかったことを示すと同時に、心のどこかに「誤り」を意識する気持があったためであろう。そこには、単なる自責や懺悔以上のものがこめられている」といい「より過激なものが残り、より人間的な者が消されていく」のは必然だったと述べている。また「牧田吉明『わが闘争』」では、ピース缶爆弾の製造配布をしたのは自分であると名乗り出た牧田の『わが闘争』が、権力に打撃を与えるよりも、ときにはかつて味方だった仲間に打撃を与えることがあることも自覚していたとして「法的には「自称真犯人」だから誰に気がねをすることもなく、くずれ左翼に対して毒舌を揮い、言葉による破壊テストを試みている」と書いている。「過激化した新左翼武闘派に対する彼の爆弾プレゼント作戦は官学共産主義者に対する好意の現われではなく、「この連中を絶対あともどりできないようにしてやろう」という絶対の悪意を含むものであった」として「どうせ死の商人三菱重工の牧田天皇の厄介息子、利用するだけ利用してやれ」と見くびった連中だから身から出た錆だと官学共産主義者を切っている。

ここで鮎川が触れた本を、その前後に私も読んだ。このふたりは、全共闘運動以降の過激化していく新左翼運動の武装闘争派の象徴的存在であった。永田洋子は同志殺しについて自己批判書のなかで、「この事実が精神異常者、性格異常者によるものとして片付けられてはいけないのです。ふつうの青年男女が、こんな残虐なことをしたところに歴史的教訓があると思います」という言葉が記憶に残っている。その言葉に私は、彼女の肉声を聞いたと思った。また牧田吉明は、一九七〇年前後、「現代の眼」の福島菊次郎の巻頭グラビアでなにかのパフォーマンスをやっている写真をみた記憶がある。その彼が十数年後、「ピース缶爆弾事件」公判に弁護側証人として出廷した。出廷後、会見を設定しようとした記者たちを制し、マスメディアもフレームアップに加担した責任を反省し、冤罪の被告の保釈金として一社最低二十万円出せと要求した。記者団がこれを断ると「それじゃ帰る」と言って立ち去った。そのときの面構えが若い頃の何か線の細い印象と異なって、本物のアナキストだと思った。若い頃にすでに爆弾製造に関わっているのに、時が彼を正真正銘のアナキストに変えたと思ったのだ。永田は二〇一一年二月、死刑執行前に病気で獄死、牧田も身体をこわし生活保護を受けていたが一〇年五月に窮死した。彼らはもうこの世にいないと思うと感慨深いものがある。

鮎川の思想は、本来なら彼らと入口から相容れないはずだ。けれども彼は、あたう限りニュートラルな視点から、耳を澄まして彼らの言葉の真意を聴きとろうとしている。それは詩人の批評という枠を大きくはみ出すものだった。

鮎川信夫と吉本隆明の思想的立場は、たとえば六〇年安保について、吉本は参加し鮎川は不参加というほどには隔たっていたが、よきカウンターパートであった。彼らの対談集は『詩の読解』(一九八一年)、『思想と幻想』(一九八一年)、『全否定の原理と倫理』(一九八五年)の三冊にまとめられていて、一九七三年から八五年まで「現代詩手帖」ほかで十四回にわたって行なわれている。

最後の対談となった「全否定の原理と倫理」では、鮎川の『擬似現実の神話はがし』なかの「批評と刃」や『時代を読む』に収めた「ロス疑惑とジャーナリズム」などの三浦和義事件をめぐる論評で吉本と大きく意見が分かれた。一九八一年十一月、ロスアンゼルス旅行中の三浦夫妻が二人組の男に襲われた事件で、妻は頭に銃弾を受け重体、のち死亡、三浦自身も足を撃たれて負傷した。妻には多額の保険金がかけられていて、のちにロス疑惑事件として報道された。鮎川はこの事件について、疑いを晴らそうと思えばいくらでも可能なのに、それをはぐらかすような証言しかしない三浦について強い疑いを持った。「とびぬけて戦後的な甘やかし社会の諸悪と、人間の醜さの結合した事件」と断じている。これに対して三浦という人物について、眼で確かめ、手触りで確かめ、書類で確かめて確実だということがない限り、犯罪者扱いしてはいけないというのが吉本の意見だった。それが自分の戦争体験の重要な核だったとも言っている。この事件で殺人罪に問われた三浦は、無罪（別件で有罪）となった。けれども事件はこれでは終わらなかった。三浦は二〇〇八年二月、サイパンに旅行中、ロスアンゼルス市警に逮捕され、十月、ロスアンゼルスに身柄を移送されたが、その日に彼は首を吊って死亡した。

この事件から三十年以上が経過して、改めて鮎川と吉本の論争を読みかえした。この間に痴漢事件から殺人事件に至るまで、世に冤罪事件は実に多いのだということに私は気づかされた。今の私は、原則的に吉本の意見に賛成だ。ただ三浦というキャラクターは、鮎川、吉本の対立と次元を異にするもののように思う。刑期を終えた三浦は、ある時コンビニで万引きをした。店内の防犯カメラがそれをとらえていたのをテレビで見た。その隠れ方がいかにもわざとげであった。何か自分が常に注目されていなければ気がすまない人間なんだなと、そのとき感じたある邪悪なものを、私はどうしても払拭することができない。

4

鮎川信夫の死は突然だった。死因は脳出血だがほとんど即死の状態だった。直前まで彼の発言は刺激的で興味深かったので、その死はショックであった。私はその死に横死に似た印象を持った。

鮎川は、矢山哲治と同じく軍隊で幹部候補生試験に不合格だった。ただその不合格の理由は、九大新聞と関わった矢山とはずいぶん違っていた。卒論は「T・S・エリオット」を書き、担当教授にその優秀さを認められたが、教練の出席が足りずに卒業できなかった。「幹候の試験は、はじめから自信はなかったし第一、教官の言ふような国軍の幹部などというものには少しも魅力がなかったし、万一合検すればそれでもよし、落ちればその方がもっと良いぐらゐのつもりであった」と『戦中手記』に書いている。幹部候補生試験に不合格だったのは、成績もだが、教練の出席不足も大きく影響しているだろう。

鮎川は終生、定職についていない。生活するために友人の紹介で、就職試験を受けるが最後のところで採用されない。なぜだろうと考えて自分が大学を卒業していないことに思い当たる。鮎川が大学の卒業資格にこだわらなかったのは、あるいはどうせ自分たちは死地に赴くのだという思いがあったからかもしれない。けれども仲間の田村隆一や北村太郎は合格して任官したのだから、鮎川の考えが普遍性を持つとは思えない。

大学中退という資格はなくて、高卒の扱いになる。せっかく親に大学まで行かせてもらったのだから、いやであっても大学は通過しておこう、卒業はしておこうという知恵は、私たちの学生時代には暗黙のうちにあった。昭和四十四（一九六九）年、私が大学一年の夏、それまでロックアウトされていた学生会館にあった部室に一度だけ入ったことがあった。その時、ロビーで学館に入っているサークルの学生と大学側との間で大衆団交が持たれた。なぜロックアウトしたのかという糾弾と、今後の管理運営についての団交だっただろう。団交は長時間にわたった。疲れ果てていた学部長が、こんなことを言った。

――……君たちは大学解体をいうならば、大学をやめて運動すればいいのじゃないですか。

当時よく聞く大人たちの意見だったが、団交の場でこんな発言をするのは、明らかに失言だった。すかさず学生の代表が立ちあがった。

――僕らは東大の学生じゃないですよ。大学解体なんてことは一度も言ったことがない。いいですか。中大の学生は中級労働力商品として、いやでも社会に押し出されていくんですよ。親から金を出してもらって、奨学金をもらって、アルバイトをして、なんで大学をやめなきゃいけないんですか。僕らきっちりと卒業証書をもらうんだ。そのどこがいけないんですか。

その団交の夜以降、卒業するまで学館は二度と開くことはなかった「僕らきっちりと卒業証書をもらうんだ」と言った学生と、かえす言葉がなく憔悴しきった学部長の表情を忘れることができない。

大学中退や幹部候補生試験不合格という結果が鮎川の要領の悪さだけではなく、意志的なものを含んでいたとしても、彼が国民年金にも健康保険にも入っていなかったことをどう考えればいいのだろう。近年、生活に窮して入れないという人はいるが、鮎川の場合、明らかに事情が異なるのだ。この社会保険未加入という問題が、鮎川の死が私に横死という印象をもたせるのかもしれない。国民年金や健康保険をどこか「国の施し」と誤解したのだろうか。それとも私たちには理解しづらい彼独特の厭世観がこうした公的制度に入ることを拒ませたのだろうか。私にはどうしても分からない謎の部分が鮎川にはあるのだ。

どうしていままで忘れてゐたのか
あなた自身が小さな一つの部屋であることを
此処と彼処　それも一つの幻影に過ぎぬことを
橋上の人よ　美の終局には
方位はなかった　花火も夢もなかった
風も吹いてこなかった
群青に支へられ　眼を彼岸へ投げながら
あなたはやはり寒いのか
橋上の人よ

戦中に書かれた「橋上の人」の最終連を引いた。鮎川は詩のなかで自分のことを二人称で書くことがよくあった。ここで「あなた」と呼びかけられているのも鮎川自身であるだろう。その詩はナルシスティックでさえあるが、これから死地に赴くものとして、絶望を詩の形に書き記しておこうとする意思の潔癖さにおいて際立っていると思うのだ。

牟礼慶子の『鮎川信夫——路上のたましい』によれば、鮎川信夫の家はしばしば転居を繰り返したが、昭和十三（一九三八）年三月発行の「LUNA」には「東京都淀橋区柏木二ノ五八五」とあり、出征まで彼はここに住んだ。現在の「新宿区北新宿三ノ三五」である。田村隆一によれば「当時としてはモダーンな建物で、玄関を入るとホールになっていて、二階に彼の部屋があった。ここには鮎川がいなくても、だれかかならず来ていた」と記されている。

鮎川の家の近く、大久保通りと神田川が交差するところに「末広橋」が架かっている。神田川の両岸は桜並木になっていて、桜の満開の頃には、多くの人が通りを歩いて花を見上げている。そこは新宿区西落合の私の家から都営地下鉄大江戸線で二つ目の「東中野」駅で降りてほどないところにある。私の家からゆっくり歩いても四、五十分の距離である。思い立って散歩がてらこの末広橋に行ってみた。「橋上の人」のモデルになった橋とすればこの末広橋だろう。橋の上に立って川上のほうを望めば、新宿副都心ビルが並び立ち、川下は東中野のツインビルが見える。都会に架かる生活に必要ななんでもない橋といってしまえばそれまでだが、出征前の鮎川がこの橋の「高い欄干に肘をつ」いていたのだと思うと、どこかいとしくおもむきのある橋に思えてくる。柏木ではなく今は北新宿という表示になった鮎川の家のあったあたりを歩き、また引き返して末広橋に戻ってくると、橋のたもとが小公園になっている。こんなところに鮎川の詩碑ができたらいいなと思わせる緑地帯だった。私だったら戦中に書かれた「橋上の人」を選ぶだろうな。長い詩だから一部になるとして、それは第一連がよいか、最終連がよいか、そんなことを思いながら歩いていて、アッと思った。すでに碑が立っているのだ。もう夕方で暗くなりかけていたが、それが喜多條忠作詞、南こうせつ作曲の「神田川」であることはすぐわかった。私が大学を卒業した年にヒットした懐かしい歌で、昭和歌謡史に残る傑作である。私はそれをみて「うーん……」とうなった。「神田川」の歌碑がここにあるのはよいのだけれど……「うーん、よいのだけどなあ」と思いながらそこをあとにしたのだ。

註　『荒地詩集1951』と『森川義信詩集』（国文社　一九七三年刊）では、いくつかの異同があるが、ここでは『森川義信詩集』から採った。

（未発表　二〇一四年一月）

「戦争の二重構造」論——一九五九年　竹内好ノート

1

三島由紀夫が「楯の会」の会員たちと自衛隊市ヶ谷駐屯地に突入し、自決を遂げた昭和四十五（一九七〇）年十一月二十五日、私たちが秋口から関わってきた大学祭開催阻止闘争が終わった。そのころから、私は中央大学ペンクラブの先輩の紹介で大学の近くにあったＴＤ大学の図書館でアルバイトをはじめた。私たちは、翌七一年春に「ペンクラブ解散宣言」を出した。

文連で一緒に活動していた演劇研究会のＹ・Ｉが、ペンクラブの諸君は深刻な顔をしながら安易な道を選んだという趣旨の「ペンクラブへの弔辞」を書いた。大学近くの喫茶店で「まあ大体こんなもんだな」と稲塚秀孝と顔を見合わせた。もともと出席の悪かった私は、試験の時以外は、ますます寄りつかなくなった。私は学生運動とサークル活動のために大学にいったようなものだった。ＴＤ大学のアルバイトは夜間部の学生を相手のアルバイトだったから、仕事は午後四時半から九時までだった。夜から朝まで読書をし、あるいはものを書き、朝方寝て昼過ぎに起きる。

そうした生活は大学三年のころには常態化していた。

ある日、図書館に行くと、廃棄する図書が何十冊か積みあげられていた。昼間の正職員の女性が「必要な本があったら持っていってもいいわよ」と言ってくれた。理科系の大学だったので、あまり文学書が置いてあったわけではない。何気なくみていると表紙に何も書いていない本が目に入った。図書館に置かれる本は表紙カバーがはずされているので、何の本だか分からないことがよくある。背文字をみると薄く金箔の文字で「魯迅　竹内好著」と印刷されていた。

今、確かめてみると、世界評論社から出版された『魯迅』だ。昭和二十三（一九四八）年十月の発行になっている。竹内好の名前は、すでに魯迅の作品の翻訳者として知っていた。また、あの戦争がアジアに対する侵略戦争という側面と米英に対する帝国主義間戦争という側面を持つという「戦争の二重構造」論を提起した人としても認識していた。

『魯迅』を手に取ると、思わず知らずその文章に魅入られていった。分かっている事実を組み合わせて極力主観を排して魯迅という人物を読者の前に差し出す。静かな誠実な文章であった。のちに「述べて作らず」という言葉を知ったが、それはこのような文章をいうのだろうと思った。私は当時この本のどんなところに関心をもったか。竹内は魯迅の『吶喊』の自序の「思い出というものは、人を楽しませるものだというけれども、時には寂しがらせることもないではない」を引きながら次のように言っている。


過去を忘れたいという気持、忘れられないのが苦しいという気持、それは彼の見栄ではない。

彼は厭世感を着物にきているのではない。彼には、人類の進歩に対する抜きがたい確信があり、それは強まり、肉づけされて、終生もちこたえられている。その確信は、存在そのものであるから、表現をとることはできない。表現されるものは、精神の格闘のあとの敗北感であり（彼は一度も勝利者とならなかった。孫文に革命の敗者を見た彼は孫文において彼自身を見たのである）、確信が強いだけに敗北感が濃いのである。彼ほど現在に絶望していた文学者はいないが、また彼ほど確信をもちつづけた人もすくない。（近親者の印象記が例外なくそれを認めている。）彼は決して、将来に向かって希望を描かない。彼の目は、つねに過去（あるいは過去を含む現在）にむき、そこに暗さを見る。

私はこうした箇所に傍線を引きながら、何を思っていたか。おそらく魯迅の『野草』の「希望」のなかにあるハンガリーの詩人、ペトフィの詩から援用した「絶望の虚妄なることは、まさに希望と相同じい」という一節を思っていたのだろう。学生運動から離脱した当時の私が、どれほどの絶望を体験したといえるかおぼつかない。それよりも私たちはほどなく、連合赤軍事件という世代的に大きな挫折を体験するのだ。

もうひとつ『魯迅』の「参考文献」のなかに太宰治の「惜別」が入っている。竹内のコメントは厳しく「仙台時代の魯迅とその周囲を、一学友の思い出の形で架空した一人称小説。魯迅を「寂寥」とか「虚無」という概念からの著者流の抽象に肉付けしているため、人間像として正しくない。たとえば、魯迅に日本の封建道徳を讃美させるなど、魯迅を当時の留学生一般の意識より低く見る歴史的錯誤に陥っている。また幻燈事件の扱いなども、日本人的ひとりよがりを示す」と述べている。

「藤野先生」は、魯迅の作品のなかで私のもっとも好きな小品のひとつだ。日本に留学した魯迅は、仙台の医学専門学校に入学する。そこで解剖学の藤野に出会う。藤野は中国人である魯迅が自分の授業を理解できているか、毎週ノートを提出させ、朱筆で添削して返した。ある日、学生会の幹事がこのノートを検査し、そのすぐあとに、藤野がこの添削に印をつけて試験問題を教えたという匿名の手紙が魯迅の許に届く。まるで中国人は、低能で自分の力で及第するはずがないと言わんばかりにだ。このことには、魯迅と仲のよかった級友たちも憤慨して幹事にかけあい決着する。

もうひとつ事件があった。ある時、講義のあとで日露戦争の幻燈がみせられ、そのなかにロシア軍のスパイを働いたかどで日本軍に捕らえられた中国人が銃殺される場面が出てきた。幻燈をみていた学生たちは拍手喝采した。このことは『吶喊』の自序にも記されているが、魯迅はこのスライドに大きなショックを受けた。第二学年の終わりに、魯迅は藤野先生を訪ね、幻燈のことは言わず、医学の勉強をやめることを告げる。藤野は落胆する。彼は魯迅が仙台を離れる前、家に呼んで自分の写真を渡す。写真の裏には「惜別」と記されていた。

太宰の「惜別」はこの「藤野先生」をもとに作られている。私はそのころまでに「惜別」を読んでいた。だから竹内のコメントに驚いた記憶がある。そしてそのころから、私は太宰の小説をファンとしてだけでなく、客観的に読むように心がけようとしはじめたように思う。今度「惜別」を再読してみて、この小説が内閣情報局と文学報国会の依嘱を受けて書かれた「国策小説」であることを知った。太宰は国策小説であれ、それを逆手にとる力量のある作家だった。ただ太宰は気質的に魯迅とは相容れない作家だったようだ。だから話が太宰的に空転してしまう。今日の私からみれば、同じ戦争中に書かれた傑作『お伽草子』と比べると、数段格落ちにみえる。

2

私は高校時代まで、先の大戦は、民主主義国家であるアメリカ、イギリスなどの連合国が軍国主義国家であった日本に勝利した戦争だと習い、それに対して疑問に思ったことがなかった。ところが大学時代、桶谷秀昭を通して竹内好の「戦争の二重構造」の問題を知った。竹内の「戦争の二重構造」論は、「近代の超克」（『近代日本思想史講座』第七巻「近代と伝統」所収　一九五九年刊）で述べられている。

（……）大東亜戦争は、植民地侵略戦争であると同時に、対帝国主義の戦争でもあった。この二つの側面は、事実上一体化されていたが、論理上は区別されなければならない。日本はアメリカやイギリスを侵略しようと意図したのではなかった。オランダから植民地を奪ったが、オランダ本国を奪おうとしたのではなかった。

あの戦争は戦後「太平洋戦争」と呼ばれた。しかし宣戦布告した時の日本政府は「大東亜戦争」という呼称を使った。「大東亜戦争」と「太平洋戦争」の違いは大きい。日本政府は、戦争の真の原因が満州事変以降の断絶しながら続く戦闘状態を考慮に入れて「大東亜戦争」と名付けた。それはおのずと戦争が、植民地侵略戦争であることを認めているようなものだ。またGHQがつけた「太平洋戦争」という呼称は、あの戦争がおもに太平洋をはさんだアメリカとの帝国主義間の戦争であることを示唆している。私が今こんなふうに言えるのは、学生時代に竹内の「戦争の二重構造」を知ったからだ。

あの戦争とは、一面で中国、アジアに対する植民地侵略戦争であった。それは日本にとって、百%の「義のない戦争」であった。また一面でアメリカ、イギリスなどとの帝国主義間戦争であった。それは双方にフィフティフィフティの「義のない戦争」であった。これらのことは「事実上一体化されていたが、論理上は区別されなければならない」のである。

戦後、わが国はサンフランシスコ講和条約を締結することによって国際社会に復帰した。その際に極東国際軍事裁判（東京裁判）を受け入れた。果たして戦勝国が敗戦国を裁けるのだろうか、大戦以前には存在しなかった「人道に対する罪」、「平和に対する罪」を裁けるのだろうかという問題を残しながら、わが国が行なった戦争が帝国主義侵略戦争であることを認めたのである。

ちかごろ「あの戦争は侵略戦争ではなかった」という趣旨の発言をよく耳にするようになった。好意的に解釈すれば、アメリカやイギリスなどと戦った戦争が、どうして侵略戦争なのかという疑問があるのは当然だといえる。植民地侵略戦争と帝国主義間戦争の腑分けをしないままに、わが国が戦争の非を認め国際社会に復帰したためだ。しかし「アジアの解放」の理想と現実の乖離がはなはだしかったのは、歴史が示すとおりだ。中国、アジアへの植民地侵略戦争を「侵略戦争ではなかった」と言い募るのは、歴史を直視しないものの言葉だ。

帝国主義同士の戦争では、勝敗は物量の差による。パワーポリティクスの時代であったから、勝った国が正義なのではない。わが国は植民地再配分の争いの過程で、国の頭文字をとったＡＢＣＤ包囲網、経済制裁（封鎖）を受ける。資源小国の日本としては致命的であった。物量で考えれば負けることが分かっていても、あの戦争は自衛のための不可避の戦争であったと言えるのだろうか。私は戦後という安全な高みから、軽々にものを言うことを避けようと思う。

勝敗は物量の差によると言うと、じゃあ日本はあの戦争に勝てばよかったのかという逆の側からの意見がある。戦後にも軍国主義が跋扈してもよかったのかということだろうが、実際にはそうしたことはありえなかっただろう。あの戦争で勝つということはなかったにしろ、どの時点かで講和を結ぶ（たとえば東京空襲の前、沖縄戦の前、原爆投下の前に戦争が終結すれば、国内の死者は格段に少なくてすんだ）ということはありえたかもしれない。この場合、戦後に軍国主義は徹底して批判されたであろう。もしそうでなかったとしても、戦争の反省にたって、人びとは懸命によりよい世界をめざしただろう。

戦争のはじまった翌年、亀井勝一郎は「現代精神に関する覚書」というエッセイの結語で次のように述べている。

戦争よりも恐ろしいのは平和である。平和のための戦争とは悪い洒落にすぎない。今次の戦乱は、かの深淵の戦争のための戦争であつて、この戦場において一切の妄想を斥ける明晰さと恐れを知らぬ不抜の信念とが民族の興廃を決するであらう。奴隷の自由よりも王者の戦争を！こゝでの勝利は、勝利といふ観念では存在しない。悲願あるのみ。

現実の対米英開戦のポイント・オブ・ノーリターン（帰還不能点）は、ハル・ノートが手交された昭和十六（一九四一）年十一月二十六日ということになるだろうが、もうひとつのポイント・オブ・ノーリターン。戦争は避けられない、けれども戦争はまだはじまらない。そうした息苦しい閉塞感が、人々をおおいはじめたのはいつだろう。「戦争よりも恐ろしいのは平和である」、「奴隷の自由よりも王者の戦争を！」。亀井のこの文章は、開戦後に書かれているが、この言葉がつぶやかれたのは、もうひとつのポイント・オブ・ノーリターンに入った時期ではなかっただろうか。それは昭和十五年か十六年か、あるいはそれ以前か。こうした言葉を今日の目から批判することはたやすい。けれども私たちは、自分が戦争という現実に直面して、本当にこうした言葉をつぶやかなかったといえるかどうか。

3

竹内好が論じた「近代の超克」は、昭和十七（一九四二）年十月号の「文学界」に掲載された座談会のタイトルである。この座談会には「日本浪曼派」、「文学界」同人、「京都学派」第二世代の哲学者など十三人が出席した。引用した亀井勝一郎のエッセイは、この座談会に先立って書かれたものだ。

もう三十年近く前になるが、私たちは「SCOPE」という同人詩誌を発行するかたわら「〈現在〉を読む会」という同人外にも拡げられた読書会をもっていた。ある時私がレポーターになって、冨山房百科文庫から出ていた『近代の超克』をテキストとして話をした。その発言をもとにして「近代の超克——現在の位相」（『反近代のトポス』所収）を書いた。その文章に書いたことだが「近代の超克」という座談会自体は、討議がかみあうように展開されていなかった。だから今もう一度再読して何事かを述べようという気にはならない。ただこの座談会の背景にある知識人たちの想いというものは、充分に検討されてよいと思う。「近代の超克」とは、思想の問題として戦争とどう拮抗しうるのかを考えるときの符牒ようなものであった。

再読した竹内の「近代の超克」を手がかりに、この問題をもう少し考えてみたい。彼は「「支那事変」とよばれる戦争状態が、中国に対する侵略戦争であることは「文学界」同人をふくめて、当時の知識人の間のほぼ通念であった」と述べている。それが対米英開戦によって一挙に局面が変わった。司会者であった河上徹太郎は「「近代の超克」結語」で、この座談会が「開戦一年の間の知的戦慄のうちに作られたものであることは、覆ふべくもない事実である」と言っている。知的戦慄！　私たちはこの言葉を嗤ってはならない。それは中国に対する侵略戦争がいかにうっとうしく、彼らを悩ませたかを逆証しているからだ。

草野心平は当時、汪兆銘政権（南京政府）の宣伝部顧問として中国にいた。昭和十九（一九四四）年四月に刊行された詩集『大白道』の「覚え書」に次の一節がある。

支那事変から大東亜戦争勃発までの時間は私には暗く、私はその間は殆んど蛙と富士とをうたつてきたやうである。／けれども対米英宣戦布告のその日から私は俄然戦争をうたひだした。私にとつてそれは実に自然であつた。

大正年間、草野は中国・広東の嶺南大学に学んだが、卒業真近、排日運動が激化するなか広東を脱出したという経験をもつ。彼にとっても中国への侵略戦争は鬱屈とさせるものであっただろうことが推察できる。

私は竹内の指摘によって、日清、日露戦争の開戦の勅旨と対米英戦争の開戦の勅旨との大きな違いに気がついた。対米英開戦の勅旨は「朕が陸海将兵は全力を奮て交戦に従事し、朕が百僚有司は励精職務を奉公し、朕が衆庶は各々其の本分を尽し、億兆一心、国家の総力を挙げて征戦の目的を達成するに違算なからんことを期せよ」（カナの書き改め、濁点、句読点は竹内による）

と求めている。日清・日露戦争の時は、陸海軍軍人、官吏に戦うことを求めた。しかし対米英開戦の勅旨は彼らに加えて、一般国民も含め心をひとつにし国家の総力を挙げて戦うことを求めているのである。

国内に戦争に反対する勢力が見当たらず、長引く中国との戦闘状態のなかで国民は閉塞感を感じていただろう。対米英開戦は、この鬱屈を晴らす快挙であった。こうした総力戦のなかで、日本国民はおのずと運命共同体を形作っていった。たとえ個人的に戦争に反対であっても、あるいは厭戦の感情をもったとしても、それが無意味であるような状態。自分が戦場に赴かなければ、他の誰かが戦場に赴いて死ぬのだ。そのことに疚しさを覚えないというものがいれば話は別だが、そうでなければだれもが戦争から逃れることはできなかったのだ。

竹内は「「国家の総力を挙げ」てたたかったのは、一部の軍国主義者ではなく、善良なる大部分の国民であった。国民が軍国主義者の命令に服従したと考えるのは正しくない。国民は民族共同体の運命のために「総力を挙げ」たのである」と述べている。これが事実だったのだろう。竹内の「近代の超克」は、あの戦争の総括であるとともに、彼自身の自己批判の書でもあった。彼は開戦にあたって「大東亜戦争と吾等の決意(宣言)」(「中国文学」八〇号 一九四二年一月)を書いている。

歴史は作られた。世界は一夜にして変貌した。われらは目のあたりそれを見た。感動に打顫えながら、虹のように流れる一すじの光芒の行衛を見守った。胸ちにこみ上げてくる、名状しがたいある種の激発するものを感じ取ったのである。(中略)不敏を恥づ、われらは、いわゆる聖戦の意義を没却した。わが日本は、東亜建設の美名に隠れて弱いものいじめをするのではないかと今の今まで疑ってきたのである。

竹内も長引く中国への侵略戦争に鬱屈としていたひとりであった。彼はこの戦争が戦争の性格を変えるのではないかということに賭けた。けれども「帝国主義によって帝国主義を倒すことができない」のは自明だった。竹内はその痛苦な認識を戦後に持ち帰った。

4

一九八六年九月、私は会社からの視察研修で上海にいた。上海に着いた日、私たちは魯迅公園(当時は虹口公園と呼ばれていた)に案内された。そこには毛沢東の揮毫による魯迅の墓があった。「魯迅先生之墓」。なんだか落ち着かない気がした。毛沢東が魯迅を文学者として厚遇していることは知っていた。竹内好は「魯迅と毛沢東」のなかで次のように書いている。

毛沢東の魯迅への傾倒の深さは、なみなみならぬもので、しかも彼は、実に文学的に魯迅を見ている。毛の人間形成の根柢に、魯迅が重要な要素に加わっていたろうという気がする。魯迅が「狂人日記」を発表したとき、毛は北京図書館の助理をしていた。「狂人日記」の発表されたより少し前の同じ『新青年』に匿名の寄稿をしたこともある。彼の魯迅に対する尊敬は、魯迅の文学生涯の開始と同時にはじまり、継続し、高まり、事ごとに彼はそこから励ましと教訓を汲み取っていたようである。

私は竹内の言葉を信用しないのではないが、彼が同じ「魯迅と毛沢東」のなかで述べている「文学は政治に従属する」という毛沢東のテーゼと魯迅の組み合わせが、その解説にもかかわらず納得しがたかった。魯迅がどんな理由であれ、政治的に利用されるのはいやだなとどこかで警戒していたのだ。

私が上海を視察した三年後に天安門事件が起きるのだが、中国は文化大革命の嵐が過ぎ去り、経済発展が始まっていた。町は活気があって、建設ラッシュだった。建築中のビルの足場は鉄骨ではなく、植物の茎で組まれていて驚いた。人民公社は、副業が認められる人民郷と呼ばれていた。「万元戸」という富裕な農家を案内されたりもした。毛沢東の功罪についてわが国でも明らかにされてきた時期であった。

近年の研究として丸山哲史の『魯迅と毛沢東――中国革命とモダニティ』を読んだ。魯迅と毛沢東という、私のなかでうまく折り合わなかったふたりを、精緻に論じていて私に示唆を与えてくれた。その結語の部分を引く。つまり私がもっとも知りたかったことだ。

毛は半ば戦略的に魯迅を取り込んだが、魯迅的なるものに畏敬を感じていたと思われる。だからこその「祭り上げ」だった。いずれにせよ、魯迅は、毛式の革命の中に取り入れられねばならなかった。しかし、魯迅の有する革命の内包と外延は、実は毛沢東よりも広く深いものであった。毛は魯迅を内部に入れ込んだが、実際には魯迅の内部に毛式の革命も組み込まれるものである。

今はもう日本人男性と結婚して二児の母となったが、十数年前、友人を介してPさんという中国・上海出身の女性を知った。聡明な女性であることはすぐ分かった。何度か会ううち、打ち解けて中国のことを聞くことができるようになった。

――魯迅（ルーシン）は中国では今でも国民的作家なのかな。

――有名よ。学校でも教えているよ。近藤さんが好きなものは何。

――そうだな。許広平との往復書簡『両地書』。学生の時、婚約者になってから、そして妻になってから、それぞれに手紙の書き方が変わっていく。最初は魯迅にぶつかるような書き方だけど、妻になってからの手紙はとても情愛深く感じるよ。それから「藤野先生」。『吶喊』のなかでは「故郷」や「孔乙己（コンイーチー）」が好きだな。

――「孔乙己」って、何度も役人になる試験に落ちて、プライドだけは高い男の話ね。

私は図書館でアルバイトをしているころ「孔乙己」を含む『吶喊』を竹内好訳で読んだ。「読書人」であるがゆえに、ほかの職業につけず盗みまで働いてしまう男の話で、行きつけの居酒屋の黒板に十九文貸しと書かれたまま、おそらく死んでしまう。なにかずっと心に残る小品なのだ。

Pさんは中国の政治体制の話になると、途端に厳しくなった。

――中国は社会主義国家っていうけど、日本のほうがずっと社会主義を実現しているよ。

――そうかもしれないけれど、日本だって問題はいろいろあるよ。

――私のお父さんもお母さんも、文化大革命で下方されて、自分のやりたい仕事に就くのがずっと遅れたの。だれの責任だと思う？

――毛沢東の失政だったと思う。だけど彼は、日本と戦って中国という大きい国をひとつに統一したんだからね。全部悪いってことじゃないと思うよ。

――全部悪い。今の中国の若い人は、みんな毛沢東がどんな人間だったかよく知っているよ。近藤さんは、毛沢東主義者のうちのお父さんと話があうと思うよ。

それからPさんと会うと、かけ合い漫才みたいに「毛沢東主義者」、「走資派」と呼びあうようになった。彼女が毛沢東のことを「全部悪い」と言ったのは、文化大革命以降に生まれた中国人としての実感からきているだろう。私はPさんを通して、はじめて中国を実体として意識し、手がかりを得たと思った。あのころより、今のほうが日中関係はずっと険悪になっているが、私は本当の中国を知り、理解しあいたい。口先だけではない友好と信頼関係を築きたいと願っている。なぜなら「アジアはひとつ」なのだから。もっと言えば時代・状況によって変わるが「アジアは（〇〇において）ひとつ」なのだ。

李志綏の『毛沢東の私生活』の話は、何人かの人たちから聞かされてはいたが読んではいなかった。今度はじめて読んでみて、毛沢東の人心掌握術、政治的駆け引きの巧みさ、下半身のだらしなさ、家庭をもたない孤独さにいささか驚いた。それ以上に歴代皇帝のごとき振舞に感心した。こうでなければ中国を統一することはできなかっただろうと思った。

『毛沢東の私生活』を読みながら、昔読んだ竹内好の「評伝　毛沢東」を思い出していた。戦後の早い作品で『魯迅』と比べれば、参照すべき文献がずっと限られている。事実の部分は蕭三の伝記だけに頼っている。それも蕭三は根幹となる部分をアメリカのジャーナリスト、エドガー・スノウのインタビューに拠っているという。(『毛沢東の私生活』によれば、毛沢東はスノウのことをCIAの情報工作員だと信じて疑わなかったという) それでも私は「敵は強大であって我は弱小であるという認識と、しかも我は不敗である確信の矛盾の組み合わせ」である「純粋毛沢東(原始毛沢東)」という考えかたに今でも関心がある。

竹内は、毛沢東が亡くなって半年後の昭和五十二(一九七七)年三月に亡くなった。享年六十六。せめてあと十年生きて、文化大革命を生きた毛沢東までを描いてほしかった。そうすれば私のなかの毛沢東は、もう少し違った像を結ぶことができたかもしれない。

大学三年の終わりに連合赤軍によるあさま山荘事件が起こった。彼らは人質をとって十日間、機動隊と対峙した。私はそれをTD大の食堂のテレビではじめて知ったと記憶している。十日間、私は必ずどこかでテレビを見て、また新聞を食い入るように読んだ。彼らはよく訓練され、よく闘ったと思った。けれどもそれから一週間ほどして、連合赤軍内のリンチ殺人事件が発覚する。私は最初、官憲の謀略だと思った。けれどもひとり、またひとりと遺体が掘り出されてゆくと、リンチによる殺人を認めざるを得なくなった。これは全共闘運動の延長線上で起こったことだぞ、自分に関係がないことだとは言えない問題だぞ。自分のなかからそんな声がしてきた。けれども私には何も出来なかった。後になって、連合赤軍の山岳ベースをアジトとする考え方が、毛沢東の井岡山（チンカンシャン）を革命根拠地としたことに倣っていることを知った。一九二〇年代の中国を、七〇年代の日本に再現できると考えたことに唖然とした。

　大学四年の新学期がはじまっていた。めずらしく私は大学に顔を出した。構内に入ると甲高いアジ演説がマイクを通じて聞こえてくる。私たちは完璧に負けたのに、まだ闘いを続けるつもりか。大学の中庭で久しぶりにクラスの友達と会った。二人ともスーツを着てネクタイをしている。同じ会社の説明会の帰りだったようだ。「お前はどうなんだい」とひとりが私に聞いた。「まあ、ぼちぼち」とあいまいにこたえた。私は高校三年の時に父を亡くし、母ひとりが私の就職が決まるのを待っている。そんな事情があるのに、私は就職活動に熱心ではなかった。

　私はＴＤ大学の図書館でアルバイトしたことで、司書の仕事に関心を持っていた。それは連合赤軍事件と関係があったのかもしれない。私は商学部に籍をおいたが、自分がたとえば商社に入って仕事をする姿をどうしても思い描くことができなかった。私は大学の夜間部の学生を相手に仕事をしたが、何人か顔なじみになった学生がいて、彼らは一週間か二週間に一度、本を借りに来て、また返しに来た。私の知らないタイプの学生だった。学生運動なんかに関心がない、というよりはそんな時間があれば勉強がしたいと言いたげな人たちだった。そんな人たちのために仕事をすることを考えた。司書の資格を持つ図書館の人が、都内のふたつの私立大学で夏に司書の資格をとるための集中講義をしていると教えてくれた。けれども授業を受けることにすっかり怠け癖のついた私がついていけるか、臆するものがあった。
アルバイトのはじまるまで、少し時間があったので水道橋のウニタ書舗に寄ってみた。そこには学術書や文学の本に混じって、新左翼系の新聞やパンフレット、ミニコミ誌なども置かれていた。赤軍派幹部の上野勝輝のパンフレットが平積みされている。そのパンフレットをぱらぱらとめくっているうちに「よくぞやった森達よ！」という反語的な一節が目に飛び込んできた。「連合赤軍は、銃撃戦、大量の爆弾、同志殺しという、集団的焼身自殺的弱さ、それらすべてをもって、このにくむべき、資本主義社会を告発し、宣戦布告したのだ」。私はそこに痛恨の肉声を聴く思いがした。連合赤軍があさま山荘で十日間も機動隊と対峙しえたのは、リンチ事件による死者を背後にかかえていたからだ。死者たちこそが彼らを奮起させた。なんと悲しいことだろう。私はパンフレットを買って、四月にしては暖かすぎる神田の町を、のろのろとアルバイト先のＴＤ大に向かって歩きはじめた。

註　竹内好の論考は『竹内好全集』（全十七巻）から引用した。

（未発表　二〇一三年九月）

戦争と聖書——一九五五年　吉本隆明ノート

1

私には吉本隆明の評価をめぐって絶交した古くからの友人がいる。他人からみれば、私たちがそんな瑣事で訣別するなんて、子供じみていてばかばかしいことと思われるだろう。お互いそうした話題を避けるような、大人らしい対応のしかたがあったはずではないかと。

——ナンデオ前ハ、吉本隆明ノゴトキ人間ノ思想ニ未ダニ応対シテイルノダ。所詮アンナモノハ、単ナル左翼反対派デハナイカ。社会ノ害ニナッタコトハアッテモ、益ニナッタコトハ一度モナイゾ。

——アナタノ言ウコトハ、感情論ニ過ギナイノジャナイカナ。僕ラノ学生ノコロカラコノ四十年ノ間ニ、吉本サンノ思想ハサマザマナ展開ヲ遂ゲタ。スベテヲ追ッテイルワケデハナイガ、モウチョット読ンデミテモヨイノデハナイデスカ。

——ジャア言ッテミロヨ。吉本ノ代表作ハ『共同幻想論』カイ。ソレトモ『心的現象論』カ。アレガヒトニ読マセル文章ナノカ。ナニヲ言ッテイルノカチンプンカンプンジャナイカ。分カッタフリヲシテイル奴ラノ気ガシレナイゼ。

——イヤ、ソレハ論ジル対象自体ガ難シイコトニモヨルデショウ。情況ニツイテ語ルトキノ切レ味ノヨイ発言ニハウナルコトガアル……。

もう止そう。吉本は強烈な磁場をもった思想家であった。彼の思想に近づくものには、好むと好まざるとにかかわらず、その言説の賛否を問うてくるところがあった。だから昔からの友情が壊れてもやむをえなかったのだ。

さて私は長年、社会保障、とりわけ公的医療制度に関わる仕事に携わってきた。わが国のこれまでの医療制度はうまく機能してきた。けれどこれからも皆保険体制を守っていくことは可能であるのか。私にとって医療問題は、重要な思想に関わる問題である。私は医療というものは、なによりも先ず、その国の人たちに貢献するためにあると考えている。今日、医療ツーリズムという言葉をよく耳にするようになった。たとえばインドでは先端医療が整っている。そこに医療制度の不備なアメリカ人やイギリス人が自国より医療費が格段に安いという理由でやってくる。けれどもインド国民の大半はそうした医療を享受することができない。依然としてインドの乳児死亡率は高い。いまだにわが国の昭和三十年代の水準にあるのだ。

わが国にも医療ツーリズムを国策として取り入れようという動きがある。中国やロシアの富裕層をわが国の医療に取り込むことによって外貨を獲得しようという狙いなのだ。本格的に動き出せば、わが国の医療体制がいっそう疲弊するだけでなく、中国、ロシアの医療体制の整備が一層遅れることは自明だ。医療はなによりもその国の国民のためにあるべきである。そのためには医療は一国主義でなければならない。私のこのような考えかたの背景には、どこかで吉本の影響があると思う。

しばらく前、カード会社から「国境なき医師団」への寄付を求めるダイレクトメールが送られてきた。「国境なき医師団」は、一九六〇年代後半のビアフラの飢餓をきっかけに、フランスの医師たちを中心に発足した。一九九九年にはノーベル平和賞も受賞している。けれども私はいやな気がした。カード会社の名簿が利用されたことに腹を立てたのではない。一言でいえば「あなたの三千円で百人をこえる命を救える」といった搦め手からの脅迫とでもいうべき惹句がいやなのだ。栄養失調でやせこけて異常に腹だけが膨れているビアフラの幼児の記憶が離れない。けれども今でもこうした寄付を募るとき、いたいけな黒人の子供の表情を前面に出すステロタイプが変わらないのはなぜだ。なぜ戦乱や飢餓で苦しむのが分かっているのに、子供を生まなければならないのだろう。そのような状態になることが予測されるときに、なぜ一時的にコンドームやピルによる避妊を行なって、不幸な子供が生まれることを避けないのだろう。いやそうした活動も行なってはいるだろうけれども、私たちを説得するようには伝わってこない。それは避妊をいまでも否定するカソリック国であるフランスを発祥とする思想であるからではないのか。

私がこのように思うとき、吉本の言葉がどこかで聞こえているのだ。「その国の国民が不幸だということは、第一義的にその国の為政者の責任に帰す問題だ」、「やっと仕事が終わってくつろいで一杯のビールを飲むときだって、戦乱や飢餓で苦しむ人たちのことを考えていなければならないのか」、「だれも反対できない問題というのは、そのこと自体に問題があると考えて間違いない」。これらの言葉は、吉本からの正確な引用ではない。知らず知らずのうちに、私のからだに染みついてしまった彼からの影響なのだ。

一方で吉本には、しばしばなぜこのようなことを書く必要があるのだろうと思わせる文章がある。もっとも分かりやすい例のひとつとして『言語にとって美とはなにか』の「あとがき」をあげる。この論考は「試行」に連載された。連載中「わたしの心は沈黙の言葉で〈勝利だよ、勝利だよ〉とつぶや」いていた。とはいえ「本稿はみすみす出版社に損害をあたえるだけのような気がして、わたしのほうからなじみの出版社に公刊をいいだせなかった」。そのあとにこんなふうに書いている。

たまたま筑摩書房の編集者がきてよかったら出版したいとおもうから連載雑誌をみせてもらえないかという申入れがあった。ふだんのわたしなら、何をぬかすかきみたちにわかるものかと居直るところだが、本稿にかぎっては、その商品性に自信がなかったので、わたしはきわめて慎重で謙虚であった。そこで、よくよんだうえでほんとうに出版してもよいとおもったらそうしたらよいとおもうと答えて、連載雑誌を借(ママ)した。やがて筑摩書房から出版する気がない旨の返答があった。ようするにこの出版社は独り角力したわけで、わたしのほうはとうてい本稿の試みが理解されるとはおもっていなかったので、その独り角力の結末には動かされなかった。

この文章は変だ。「独り角力」したのは出版社ではなく、吉本のほうだ。もうひとつ、これは物書きの品性を疑う類の文章だ。学生のころ、この「あとがき」の奇体さに驚いて、本論の「自己表出」も「指示表出」もどこかにふっとんでしまったような記憶がある。もちろん彼の理解魔は、この「あとがき」をいかようにも擁護するだろう。けれども私は、ここに垣間見られる思想の暗さが好きになれない。「マチウ書試論」は、初期の論考として他に抜きんでている。それは「福音書」をどう読むのか、という私が関心をもった問題とも重なる。そのこともふり返りながら、この論考を読み解いてみたい。谷川雁をして「寒気がした」（「庶民・吉本隆明」）と言わしめた文章である。

2

学生時代、眞鍋呉夫先生から「近藤君、文学をやるのなら聖書は読んでおかなくちゃいけませんよ。何千年にもわたって語り継がれ、読み継がれたものには、それだけの理由があります」と言われた。先生の初期の作品群のなかに「爾を愛す」（「大力サムソン」）や「磐のシモン」といった聖書のなかの話を換骨奪胎した小説がある。なぜ聖書のなかの話であったか。後になって「ＳＣＯＰＥ」という同人詩誌をやっていたころ、上久保正敏とふたりで話をうかがったことがある。

先生は戦争から帰ってきて、応召前に親しんだわが国の詩文や古典を開いてみても、それがわが国の現実や歴史についての記述である限り、生理的な拒絶反応が起こって一行も読むことができなかった。けれども聖書など海外のものであれば、そんなことが起きなかったという意味のことを言われた。

学生の私は、眞鍋先生に言われたとおり聖書を読んだ。『旧約聖書』は、問題なく面白く読めた。だが『新約聖書』はそうはいかなかった。「時は満ちた。神の国は近づいた。悔い改めて福音を信ぜよ」（「マルコ福音書」）。冒頭からこんな言葉がある『新約聖書』についていくことができなかった。わが国にはないこれらの言葉に戸惑い、なじむことができなかった。

それでも機会あるごとに『新約聖書』を開き、その章句を行きつ戻りつした。最初に読んでから十年ほどして、私は田川建三の『イエスという男』を読んだ。これは私にとって大切な本になった。田川氏が描く、古代パレスチナに生きた時代の反逆者としてのイエスに出会って、ようやく『新約聖書』の世界に親しむことができるようになったのだ。

私はいつ吉本の「マチウ書試論」を読んだのだったか。私がもっているのは『吉本隆明全著作集4』である。「マチウ書試論」には鉛筆やボールペンで書き込みがある。少なくとも学生時代に一度通読したはずだ。吉本の切迫した息づかいの文章と「マチウ書」（「マタイ福音書」）の作者とユダヤ教との暗闘――民族宗教であるユダヤ教から分かれて、キリスト教が世界宗教となる礎を福音書は作ったが「マチウ書」のユダヤ教との暗闘は際立っている――の激しさをどこかで記憶している。

もう一度読んだのは、田川建三の「「マチウ書試論」論」（『歴史的類比の思想』所収）を読んでからだ。「マチウ書試論」は、マタイ福音書の歴史的考察をイエス「造作」説、つまりイエスは実在しなかったと主張するアルトゥール・ドレウスの『キリスト神話』（原田瓊生訳）に拠っている。福音書は、その成り立ちからして信頼できるイエスの伝記ではなく、原始キリスト教会の教義的粉飾が施され、また多くの章句が旧約聖書からの焼き直しによっている。だからといってイエスは実在しない人物だったのか。田川氏は「吉本が当時（一九五四年から五五年）利用しえた邦語文献としては、護教論的意図をふんぷんと臭わした神学書しか、それも思想的にも低水準のものが、ごく僅かしかなかったのであるから、彼としては、歴史的批判を展開するのにA・ドレウス以外には頼るものがなかったとしても、やむをえまい」と述べている。学生時代の読書では、私はまるでこのことに気がついていない。関心がなかったといいたいところだが、単に目が節穴だったのだろう。田川氏の指摘で、もう一度読み直した「マチウ書試論」は、もっと複雑で違った味わいをもつ作品にみえてきたのだ。たとえば次の一節。

（……）資料の改ざんと附加とに、これほどたくさんの、かくれた天才と、宗教的な情熱とを、かけてきたキリスト教の歴史をかんがえると、それだけ大へん暗い感じがする。マチウ書が、人類最大のひょうせつ書であって、ここで、うたれている原始キリスト教の芝居が、どんなに大きなものであるかについて、ことさらに述べる任ではないが、マチウ書の、じつに暗い印象だけは、語るまいとしても語らざるをえないだろう。

「マタイ福音書」は他の福音書に比べて、ユダヤ教に対する批判が根深く、執拗である。たとえば第二十三章の律法学者やパリサイ派への批判などその典型的な例だろう。彼らは宴会では上座、会堂では上席に座り、広場では挨拶されたり、先生と呼ばれることを好む。あなたがたの一番偉い人は、仕えるものになれ。高ぶるものは低くされ、自分を低くするものは高められる。律法学者、パリサイ派の偽善者たちはわざわいだ。天国を閉ざして自分たちだけでなく、入ろうとする人たちを入らせない。彼ら、偽善者たちはわざわいだ。ひとりの改宗者をつくるために、海と陸をめぐり歩く。つくったなら、彼らを自分の倍のひどい地獄の子にしてしまう。こんな具合に延々と罵倒しつくすのだ。また吉本は「悪人に手向かってはならない。だれかがあなたの右の頰を打つなら、左の頰をも向けなさい」(「マタイ福音書」)について、寛容の精神を読みとることはできないと言っている。「これは寛容ではなく底意地の悪い忍従の表情である」と看破するのだ。

ところで、「マチウ書試論」は、ドレウスの『キリスト神話』を参照しただけではない。書名を挙げていないが、エルネスト・ルナンの『イエス伝』(津田穰訳)も参照している。この『イエス伝』こそは、はじめて史的イエスに言及した書物であった。この本は、戦前から戦後の早い時期の知的青年たちに読まれた。私は『イエスという男』を読む前に『イエス伝』を読んだ。一八六三年に刊行されたこの本は、現在の聖書研究の水準からすれば淘汰された文献かも知れない。けれども現地踏査を行ない、当時集めることのできた資料を丹念に検討して書かれている。『イエス伝』によれば、イエスはガリラヤの小さい村ナザレで、父ヨセフ、母マリアの子として生まれた。

ベツレヘムの馬小屋で生まれたのでもなく、処女懐胎の子でもなかったのだ。

吉本はなぜルナンではなく、ドレウスの『キリスト神話』に拠ったのかといえば、まず書物として面白いからだと今度読んでみてわかった。一九二四年に刊行されたこの本は、当然のことながら、それまでの史的イエス研究を熟知して書かれている。そのうえで、もっとも早い時期に書かれた「パウロ書簡」の真贋の問題、またそれが史的イエスについてなにほども語られていないこと、ヨセフスの『古代史』はじめキリスト教以外の文献がイエスについて触れていないこと、また触れていても贋作であることなどを指摘している。

もっとも、よりイエス「造作」説にリアリティを持たせているのは、「マチウ書試論」に引用されている『古代史』に記されているというエルサレムを嘆き、拷問によっても憐憫を乞わなかった狂信者がひとつのモデルになったのではないかと書かれていることだ。

吉本は「ひとりの狂信者は、恐らく、当時のユダヤにおける無数の宗教的な熱狂と、現実的な混迷とを象徴している。こういう風潮のなかで、無数にうまれた狂信者の記録から、原始キリスト教が、その教祖の実像をつくりあげるためのモデルをえらんだのかもしれない」と記している。「マタイ福音書」が「人類最大のひょうせつ書」であるために、ドレウスのイエス「造作」説はこれを補強した。だがそれはイエス「造作」説に拠らなければならなかったか。そうでなくとも『マチウ書試論』は書くことができたはずだ。実をいえば、「マチウ書試論」を読んでいて、吉本はイエスの実在を疑いきれていないのではないかと思う箇所がいくつかある。ドレウスのイエス「造作」説と平仄を合わせるために、あえて実在を打ち消すような書きぶりになっていると思われるところがあるのだ。

3

第一次ユダヤ戦争（西暦六六〜七〇年）が勃発したとき、ローマ帝国の軍勢に多くのユダヤ人が立ち向かった。このとき原始キリスト教団は、戦争に対して冷淡で、闘いを回避した。この前後に共観福音書は編集され、成立していった。福音書は、イエスを殺した張本人のはずのピラト総督について一様に寛大である。イエスを十字架につけることを要求したのは、群集である。ピラトがこの男はどんな悪事を働いたのかと言っても、群集はなおもイエスを十字架につけろと叫び続けた。騒動が起こりそうなのをみてピラトは言った。「「この人の血について、わたしには責任がない。お前たちの問題だ」民はこぞって答えた。「その血の責任は、我々と子孫にある」」（「マタイ福音書」）。

このユダヤの群集の叫びはおそろしい。「ディアスポラ（祖国なき民）」となる自らの運命を予言しているのだから。しかしこう書くと、話はできすぎている。ピラトがユダヤ教の人々に屈してしぶしぶ十字架刑を認めたというのはおそらくフィクションで、やはりイエスを殺した張本人だろう。原始キリスト教団は、戦争を冷淡に傍観した。つまりは勢力を温存したのだ。福音書の作者はイエスを殺した男を擁護した。なぜか。自分たちこそ正統と考えるユダヤ教を、堕落した律法学者やパリサイ派から守り継承するためにだ。結果としてそれは、キリスト教を普遍的な宗教として世界に歩みださせた。

吉本隆明が史的イエス像をもう少し掘り下げたなら、『マチウ書試論』はもう少し色調の異なった作品になっていたかもしれない。けれども私たちが『新約聖書』について、史的イエスをよく知るようになるのは、一九六〇年代以降の研究によっているので、ないものねだりというものだろう。彼はマタイ福音書の作者の近親憎悪の問題について書いている。

（……）マチウ書の作者は、あきらかにユダヤ教に対する敵意と憎悪をいたるところにばら撒いている。若し、教義的なひょうせつを敢てしながら、その原教派を憎悪することができるとするならば、そこには思想の生理学におけるひとつの問題がなければならぬ。ひとつの思想は、それに近似している他の思想にたいして、かならず近親憎悪を抱くという原則をみとめるならば、ぼくたちは、あの空想と緊張症とのはげしくいりくんだような架空の教祖ジェジュ（「イエス」――引用者）の性格を思い浮べ、そこに作者の共通の発想の根底を考えることが出来るだろう。

「マタイ福音書」の作者は、先に触れた二十三章の終わりのほうで、律法学者、パリサイ派の偽善者たちに向けて、預言者の墓を建てたり、義人の記念碑を飾ったりすることを非難する。あなたがたは、もし父祖の時代に生きていたら、預言者の血を流す側に加担しなかったであろうかと言う。あなたがたは自分が預言者を殺したものたちの子孫であることを自ら立証しているのだ。

この批判は、キリスト教の歴史にもそのまま当てはまる。キリスト教は布教の名のもとに、次々に植民地侵略を遂行してきたのではないか。支配者の味方あるいは手先となって易々と理不尽な戦争へ人々を駆り立ててきたのではないか。吉本はこの章句について、次のように述べている。

（……）マチウ書が提出していることから、強いて現代的な意味を描き出してみると、加担というものは、人間の意志にかかわりなく、人間と人間との関係がそれを強いるものであるということだ。人間の意志はなるほど、撰択する自由をもっている。撰択のなかに、自由の意識がよみがえるのを感ずることができる。だが、この自由な撰択にかけられた人間の意志も、人間と人間との関係が強いる絶対性のまえでは、相対的なものに過ぎない。

これは吉本の初期のタームのひとつ「関係の絶対性」を説明してゆく導入の部分だが、私にはこの数行が大事のことに思われる。彼があの戦争から、なにを戦後に持ち帰ってきたのか。その本質の部分を類推する手がかりを得たように思うのだ。ここからは『新約聖書』の世界を離れて、考えを進めてゆきたい。

4

ポイント・オブ・ノーリターンとは、もともとは航空用語で「帰還不能点」という。飛行機が

A地点からB地点まで行くとき、往復の燃料を積んで出かける。これを超えて飛行すると飛行機はもとの場所にもどれなくなる。転じて、ひとつの国が、他国との戦争を回避するためにあらゆる外交努力をするが、その努力もむなしく戦争を回避できなくなる時点を指す。

ポイント・オブ・ノーリターンを超えると、その国の国民はおのずと「運命共同体」を形づくる。よい戦争であれ、悪い戦争であれ、あるいは帝国主義間戦争であれ、侵略戦争であれ、その善悪を言っても意味がなくなる状態に入る。そうした状態は、戦争終結まで続く。国民は戦争と運命を共にする。つまりわが国の国民が総力を挙げて戦った太平洋戦争（大東亜戦争）を思い浮かべてみればよいのだ。戦争下でも戦争を忌避する自由はあった。だが自分が戦争を拒めば、ほかのだれかが戦場に赴き命を落とすかもしれない。「人間の意志はなるほど、撰択する自由をもっている」。けれどもその意志も「人間と人間との関係が強いる絶対性のまえでは、相対的なものに過ぎない」のだ。吉本の言う「関係の絶対性」とは、戦時下の日本から戦後に持ち帰った思想の原石のようなものではなかったか。

宗左近は、戦争中、二度戦争に行くことを忌避したと「わだつみの一滴」というエッセイのなかで告白している。もちろん彼は自慢してこんなことを書いているのではない。それが証拠に、戦後四半世紀を経たある日「わだつみ会」の依頼を受けて、若者中心の聴衆の前で徴兵忌避の話をしたが、話し終わったと同時に、最前列に座っていた七十歳前後の、つまり息子を戦争でなくしたとおぼしき女性を見つけ、動悸が止まらなかったと書いている。また彼の詩集『炎える母』に書かれているとおり、自分が戦争に行かなかった身代わりのように母堂を空襲で亡くしている。

十数年前、宗さんが参加していた同人詩誌「歴程」に加えてもらった。参加してまだ日が浅いころだったと思う。同人会のあと、何人かと二次会に行くつもりで、銀座の裏の路地を歩いていたときだった。どんな話の脈絡からだったか、うしろを歩いていた彼が、だれにともなく、ふと「家庭教師をした生徒に今度の戦争は負けると言ったんだ」とつぶやくように言った。私は「えっ……！」という顔をしてふりむいた。そのとき宗さんは一瞬、おびえるような目をした。三十歳も年下の若造に、「おびえるような目をした」と言われたくないだろうが、たしかにそんな目をしたのだ。私は抗議めいた目付きで見たのではない。それは宗さんの側の問題ではなかったか。彼は戦争時、「運命共同体」の外に立つニヒリストだった。戦争が終結したからといってその姿勢を解除できるものではなかった。彼の意識のなかで、自分の徴兵忌避と母堂の身代わりのような死は、終生消えることのないトラウマとして残ったのではないか。吉本に戦争について書いた文章はいくつかあるが、『高村光太郎』のなかに書かれた文章を引用する。

（……）死は、すでに勘定に入れてある。年少のまま、自分の生涯が戦火のなかに消えてしまうという考えは、当時、未熟なりに思考、判断、感情のすべてをあげて内省し分析しつくしたと信じていた。もちろん論理づけができないでは、死を肯定することができなかったからだ。死は怖ろしくはなかった。反戦とか厭戦とかが、思想としてありうることを、想像さえしなかった。傍観とか逃避とかは、態度としては、それがゆるされる物質的特権をもとにあることはしっていたが、ほとんど反感と侮蔑しかかんじていなかった。戦争に敗けたら、アジアの植民地は解放されないという天皇制ファシズムのスローガンを、わたしなりに信じていた。また、戦争犠牲者の死は無意味になるとかんがえた。だから、戦後、人間の生命は、わたしがそのころ考えていたよりも遥かにたいせつなものらしいと実感したときと、日本軍や戦争権力が、アジアで「乱殺と麻薬攻勢」をやったことが、東京裁判で暴露されたときは、ほとんど青春前期をささえた戦争のモラルには、ひとつも取柄がないという衝撃をうけた。

私の知る限り、宗左近のような戦争忌避の態度をとり続けた人は絶対少数であった。一方で、ここに述べられているような戦争のくぐりかたをした若者は多かったと思う。だからこの文章は、戦争中に精神を形成していった年代の人たちの受けた打撃を普遍化しているように思う。とはいえ、それぞれの打撃の深刻さの度合い、戦後という日常への還りかたは、人の数ほどのパターンがあっただろう。

さて私は、この文章を書くために「マチウ書試論」をはじめ初期の吉本の文章をもう一度読み直してみようと思った。これまでの『吉本隆明全著作集』には、さまざまな書き込みが入っているため、本屋で新しく講談社文芸文庫の『マチウ書試論　転向論』を買ってきた。まっさらな気持ちでもう一度読み直してみようと思ったのだ。このなかに私が読んだことのなかった「エリアンの手記と詩」が入っていた。戦後まもない昭和二十二（一九四七）年から翌年にかけて書かれたということだ。「エリアンの手記と詩」の次の一節を読んで愕然とした。これは吉本隆明という詩人が戦争をくぐったあとの生々しい精神の自画像というべきものだ。

――〈エリアンおまえは此の世に生きられない　おまえはあんまり暗い〉――
――〈エリアンおまえは此の世に生きられない　おまえは他人を喜ばすことが出来ない〉――
――〈エリアンおまえは此の世に生きられない　おまえの言葉は熊の毛のように傷つける〉――
――〈エリアンおまえは此の世に生きられない　おまえは醜く愛せられないから〉――
――〈エリアンおまえは此の世に生きられない　おまえは平和が堪えられないのだから〉――

ここには私がずっとこだわってきた彼の思想の暗さが、そのまま描かれているではないか。吉本は自覚的であったのだ。彼の「エリアンの手記と詩」から「マチウ書試論」に至る二十歳代の孤独だった精神遍歴を思った。ふっと私は吉本隆明を理解しようと思った。四十年以上、彼の本をさまざまな葛藤を抱えながら読んできて、いまさら理解しようと思ったという言いかたは滑稽だろう。私は思想の暗さをどう納得したのか。いまそれをうまく言えない。だがそれが、今度はじめて読んだ「エリアンの手記と詩」、何度目かの読み返しとなった「マチウ書試論」を読んだあとの私の率直な感想である。

（「飢餓陣営」第三十八号　二〇一二年八月）

「超人間」という思想——一九九六年　吉本隆明ノート

1

一九九六年八月、吉本隆明は伊豆西海岸の土肥で遊泳中に溺れた。その日は土曜日で午後一時のＮＨＫニュースは、彼の容態が重篤であることを報じた。その時の私の反応を記しておきたい。まだもう一仕事はできる年齢なのに不慮の事故で死ぬのは無念だなという思い、私たちは戦後という時代の思想的なつっかい棒をなくそうとしているのだなという思い、その死は当分癒えない欠落として私たちのなかに残るだろうなという思い、それらの思いがさまざまに交錯した。

私は先輩に電話をかけ、知り合いの編集者に電話をかけ、また友人からも電話がかかってきた。ニュース以上の情報を持っているかというのが電話をしたり、されたりした理由だが、それは口実で、お互いにだれかと話していなければ身がもたないという心持ちだったといってよい。ニュースは一時間ないし二時間ごとに吉本が重篤である旨を伝えた。そして夕刻になってようやく快方に向かっていると報じた。その半日、私たちは擬似的に「吉本隆明の死」を体験したのだが、それはどこかで想像していた以上のものだったのだ。

　他人は知らず、私の吉本への批判の眼目はその思想の暗さにあった。谷川雁が「マチウ書試論」を指して「寒気がする」と言ったことがあるが、その暗さは、たとえ私の一人相撲であっても構わない、克服すべきであると思っていた。けれどもこの半日の私の動揺は何だったのか。彼が快方に向かっているという報道に接して安堵はしたものの、一方で自分の狼狽ぶりが照れくさくもあった。吉本からの影響が、それほどに深く私にしみわたっていたことを思い知らされた半日だった。

　それから十年が経った。この間、吉本には老いや死についての発言が多くなった。それは彼が高齢になったこととも関わるが、より深く溺体事故を契機にしているのではないだろうか。私は最近、ある新聞の吉本へのインタビュー記事に触発されて『新・死の位相学』（一九九七年）、『〈老い〉の現在進行形』（二〇〇〇年）、『老いの流儀』（二〇〇二年）、『中学生のための社会科』（二〇〇五年）、『老いの超え方』（二〇〇六年）、『生涯現役』（二〇〇六年）などをまとめて読んだ。

　これらの発言に関心をもったのは、ひとつは私の生業と関わる。私は三十年以上、社会保障、とりわけ医療保険、介護保険に関わる仕事に従事してきた。仕事柄、医療やその周辺問題に関わるさまざまな資料や統計を読む。それらを読みながら、日本人の死生観というものをぼんやりと意識しているのだ。

　敗戦直後の日本人の平均寿命は五十二歳であった。現在では八十二歳を超えている。平均寿命の延伸は先進諸国だけでなく世界的な傾向だが、六十年ほどの間に平均寿命が三十歳も伸びる時代は、過去のわが国の歴史にはなかった。その理由として、乳幼児死亡の激減、結核などの感染症の激減が挙げられる。このことは、だれもが感覚的に理解できることだと思う。けれども案外に知られていないことは、六十五歳以上の平均余命が伸びていることだ。WHO（世界保健機構）は六十五歳以上を高齢者と定義している。かつてはこの六十五歳の平均余命は不変であるといわれてきた。ところが、一九六五年前後からじりじりと延伸してきて、現在では六歳から八歳平均寿命を押し上げているのだ。平均寿命の延伸は、医学・医術の進歩だけでは説明できないさまざまな要因が絡んでいる。

わが国が長生きできる社会となったことは、ともかくも寿ぐことだ。しかし、と私は考える。私が子供の頃の老人とは、もう少し威厳というものがあったのではないか。人生の苦楽がその表情ににじみでていたのではないだろうか。今日、概して老人たちは「いい顔」をしていない。しばらく前まで、「さんまのからくりテレビ」のなかに「ご長寿早押しクイズ」というコーナーがあった。あのコーナーに出てくる老人たちのヘラヘラ笑いが、今の老人の顔を象徴しているように思える。

もっともそれは、彼らだけの問題でなく後続する私たちの世代の問題でもあるのではないか。私たちは、いずれ誰にでもやってくる死という問題を遠ざけ、臆病になり、それと矛盾するようだが油断しているのではないか。戦後六十年ほどの間に平均寿命が三十歳も伸びるという事態は、それまであった人倫的な共通感覚としての死生観を喪失させようとしているのではないか。

現在、わが国の六十五歳以上の総人口に占める割合は、既に二十%を超えている。(註) これからも増加するだろうから医療、介護にかかる費用は確実に増大する。それを支える現役世代が減少するという少子高齢社会のなかで、医療をめぐる議論は、ほとんど財政問題に終始しているといってよい。もちろん財源をどうするのかという議論は重要である。けれども、たとえばルネ・デュポスの『健康という幻想』、イヴァン・イリイチの『脱病院化社会』、スーザン・ソンタグの『隠喩という病』といった直接、間接に思想として医療を、そしてその先にある死の問題をとらえようという視点が、わが国にはほとんど見当たらなかった。吉本の老いの向こう側からの発言は、思いがけず、私にある示唆を与えるのだ。

この十年の吉本の発言へのもうひとつの関心は、より個人的に私の母のことに関わる。母は今年（二〇〇七年）九十二歳になる。八年前、膀胱がんと診断され、新宿区内の病院で内視鏡による手術によって病巣を切除、以降、何度か内視鏡手術をくりかえし、現在ではさほど心配する症状は起こっていない。二〇〇〇年に介護保険制度が出来たあと、申請をして「要介護度１」の認定を受けた。

一昨年（二〇〇五年）三月、軽い脳梗塞を起こし、一時的に歩行が困難になった。病院では、多発性脳梗塞と診断されたが、入院の必要はないということで帰宅した。同年四月、私を生んだときに患った網膜剥離の一種である原田氏病が悪化して、病院で診てもらったら、左目の視力〇・〇一、右目は光を感じるだけでほとんど見えない状態であった。診断は原田氏病末期で改善の見込みがないとのことだった。またこれ以前から耳も遠くなっていた。この時期に「要介護度２」となった。

昨年七月、大腿骨を骨折し、手術を受けて九月に退院した。この時点で「要介護度4」になった。私たち夫婦は共働きだが、今のところ、母は在宅で訪問介護、デイサービス、ショートステイを利用している。日によって体調に好・不調があるが、骨折したとき、担当の医師が言った「ベッドから降りてポータブル便器で用が足せるようになればベスト」という状態よりは、よくなっている。介護については、私の友人たちの大半が体験したか、経験しつつありお互いに情報交換しているが、吉本の発言は、私の母と同じ目線に立っていて母を理解するための助けになっている。

2

吉本隆明の老いの向こうからの洞察のひとつ、「超人間」という概念について『中学生のための社会化』から引いてみる。

老齢者は身体の運動性が鈍くなっていると若い人はおもっていて、それは一見常識的のようにみえるが、大いなる誤解である。老齢者は意思し、身体の行動を起こすことのあいだの「背離」が大きくなっているのだ。言い換えるにこの意味では老齢者は「超人間」なのだ。

この「超人間」ということを私の母にあてはめて考えてみる。数年前、母がまだ「要介護度1」

のころのことだ。ある日、近くの信用金庫でお金をおろす必要があることを思い出した。それはホームヘルパーが来る直前のことだった。家を留守にしてはいけないと思い、彼女は杖をつき、あせって信用金庫に向かった。母はその晩から膝が痛いと言いだし、翌日病院に行って、二週間の入院を余儀なくされた。信用金庫までは、わずか数十メートルの距離だった。またある日、昼食の介助のためにヘルパーさんが来た。母は彼女の帰る時間を気にして、急いで食事をし、食べ物を喉につまらせ騒動になった。さらに言えば、大腿骨を骨折した日、母は粗相をしたが、その始末を自分でしようとしたとき、ヘルパーさんがドアの鍵を開け入ってくる気配に気づき、あわてて転倒した。

これらの事故は、母の気遣いあるいは自己の尊厳を守るために起こったことで、他者（社会）に対する意識のありかたは健常者とまったく同じだ。ただ運動性は鈍くなっている。吉本が言うような、思っていることと実際の行動との乖離が事故の原因になっているのだ。私たちは、老いというものを行動とともに意思も鈍ってきていると考えがちだがそうではない。このふたつは切り離して考えるべきなのだ。吉本の「超人間」という概念は、意思と行動の乖離をよく説明していて、要介護状態にある母を持つ身にとっては、実践的に役に立つのだ。おそらく介護に関わるプロは経験的にこのことを知っているだろうが、誰もがこうした認識を共有できれば、介護というものの性格も大きく変わるのだと思う。

私の母の状態は、ショートステイから帰ってきた日、その翌日あたりがよくない。環境が変わることへの順応が鈍いためだろう。先日、ショートステイから帰った翌日のヘルパーさん（複数）の日誌。

九時〜九時半　ベッドの中で休まれていました。「今日は休みをとったので家にいる」と木曜のデイサービスと勘違いされているので、「金曜だからリハビリに行きましょう」と声をかけましたが「疲れたので起きたくない」とのことです。

十二時四十五分〜十三時四十五分　テレビの音を聞いて過ごされていたようです。日にち、曜日の感覚が聖母ホーム（ショートステイの名前）に行ったことで少しずれているようです。昼食はしっかり召し上がりました。

十六時十五分〜十七時十五分　訪問時、よく眠っておられました。声をかけても私のことがわからず、聖母ホームと勘違いされ、ハッキリしてくれるまでとても時間がかかりました。今日はお話ししていても、お墓の話を何度も繰り返されていました。

この日、家に帰って母の様子を見ようと部屋に入ると、母が険しい顔をして「平戸のお墓をほったらかしにしている」と言った。「平戸のお墓は、もう十何年も前におばあちゃんと行って魂抜きをしてもらった。親父たちのお骨は保土ヶ谷霊園にお墓を造って納骨しただろう」と話すと、ふっと安堵の表情を浮かべ「そうだった。そうだったね」と言う。こうした認知症と思われる症状は、しばしば見られるが、今のところは、このように話しかければ正常に復することができる。「超人間」としての母を理解するうえで、吉本の『老いの超え方』のなかの次の発言は私を納得させる。

忙しいのです。自分を点検すると、頭の中は忙しくて、ろくなことではない妄想的なこともあったり、持続性がないのでいろんなことを考えていますが、決してぼんやりしているわけではありません。生態的に見ると、ご老人はいかにもぼんやりしているというようになりますが、精神は非常に忙しく働いていると思うのが妥当ではないか。

確かに私の母は忙しいのだと思う。自分の子供たちに対する心配、孫たちに対する心配、そしてこの日は、ふと平戸のお墓のことに思いが至ったのだ。

日中は一日三回、デイサービスを利用する日は送り迎えの二回、ヘルパーさんのお世話になるが、夜から朝にかけては、私たち夫婦、というよりも主に妻が世話をする。たとえば私は母を風呂に入れることができない。ただ骨折以降は、私が家にいるときは風呂からあがった母の身体を拭き、パジャマに着替えをさせる。真夜中にときどき、大声で母が私たちを呼ぶときがある。誰かがドアをノックする、窓から白い手が伸びてくる。これは認知症というよりも、被害妄想の兆候ではないかと思う。長い間、日中、母をマンションの部屋でひとりきりにしておいたことのツケが回ってきているのではないか。

一方で身体が動くときは、手すりを伝いながら寝起きの悪い私を起こしにくる。また食事のあと台所に立って食器を洗おうとする。さらには床の拭き掃除をしようとする。危ないからやめてほしいと言っても、長年の習慣から頑固に改めようとしない。この自分の今の状態を認識できないことも認知症の症状といえるのかも知れない。

介護の主体となっている妻のことを思えば、彼女にも休息が必要だから、容態が悪くなることは分かっていても、月に一度はショートステイに入れる。「要介護度5」になれば、万事休すで、特養ホームか老健施設に入所させざるをえないだろう。けれども、なんとかこのまま在宅で元気な死を迎えさせたいというのが息子としての願望である。

3

吉本隆明が溺体事故以前に書いた「飢餓老人の希望」という文章がある。池袋のアパートに住む、脳に障害のある息子を持つ七十七歳の母親が、生活に窮し、生活保護を受けることを放棄（拒否）して、食料が尽きるまで生活を続け、息子と共に餓死したという新聞記事を読んだ感想を記したものだ。福祉の世話にならず、自らの矜持を保ったまま逝ったこの老女に対し、彼は「見事な生き方を貫いた生涯として、わが老齢世代の模範として、心静かに学びたい気がする。無用な感傷も社会福祉の在り方への批評も第二義的なものにおもえる」と述べている。このくだりについて、さすがに吉本らしい見解だと感心する。けれども、その後段で、彼が次のように言っていることにとまどいを感じる。

ここまできてわたしはじぶんの実感している老齢の現状について披瀝しないと点睛を欠くような気がしてきた。わたしは給料生活を二十年以上してきたし、その後国民年金に加入した年数を合わせると、隔月に約二十五万円くらいの老齢年金を支給されている。現在の日常生活の条件で四倍から五倍の老齢年金の額があれば、仮に立居振舞いや生活の維持活動が不自由になっても生活をつづけることはできるようにおもえる。

この文章は一九九六年に書かれたものだ。物価が十年前と変わらないと仮定して、吉本の意見では、月に五十万円から六十万円の年金があればよい。そのお金で日常生活に支障があれば、介護の人を雇うことができるというのだ。まだ介護保険が施行される前だから（それでも各自治体で介護サービスははじまっていた）このような意見があるのかと思っていたが、施行後も「介護保険がどうだということはぜんぜん頭のなかになくて、むしろないほうがいいのではないかとおもってるんです。ほんとうをいえば、自力で、じぶんのお金で炊事当番の人を雇えるだけの老齢年金が支給されたら、それがいちばんいいのではないかという気がしてます」（『〈老い〉の進行形』）と述べ、最近作の『生涯現役』でも同様の発言をしている。

現在の介護保険には、在宅サービスのなかに訪問介護（ホームヘルプ）があり、彼がいう「立居振舞いや生活の維持活動が不自由になっても生活をつづける」ことができるように身体介護、生活介護を受けることができる。そのことを吉本が承知していることを前提にして話をすすめる。

現在の社会保険方式による介護保険制度は、給付費の半分は公費で負担するが、あとの半分は四十歳以上の人が保険料を支払う。原則六十五歳以上の人が介護の必要があれば要介護認定を受け、利用料の一割を負担（施設利用は、別途食費、居住費を負担）する。私はベストとまではいかないまでも、ベターな制度だと思っている。なぜなら権利と義務（給付と負担）の関係がはっきりしているからだ。たとえ生活保護を受けている人でも、介護保険料に相当する金額は支給され、それを納付するしくみになっている。たてまえではあっても、負担をしているのだ。つまり介護は「施し」ではない。

わが国の公的年金制度では、平均的なサラリーマン（夫が厚生年金四十年加入、妻が専業主婦の場合）で夫婦約二十三万円、自営業で夫婦（ふたりとも国民年金四十年加入の場合）約十三万円支給される。もちろん吉本がいう五十万円から六十万円という水準からすれば、はるかに足りない。それでも世界の先進諸国の年金水準からすれば上位にあるのだ。吉本のいうレベルの年金支給は困難である。とすれば、今ある介護保険をベストのものに近づけていくほうが現実的なはずだ。

私の母が介護サービスを受けている身として介護保険を考えてみれば、私たち夫婦は大変に助かっているのだ。一昔前であれば、母が今のような状態になった場合、妻に会社をやめてもらうか（理屈の上では私がやめるという選択もあるが、現実的ではない）、母を老人病院に入れるしか選択の余地がなかったと思う。介護保険がはじまる前、連合が『要介護者のいる家族の実態調査』（一九九四年）を行なったところ、要介護者に憎しみを感じると答えたひとが三人に一人という結果が出ている。こんな感情を母に対して抱かなかったのは、介護サービスによって私たちの精神的、身体的負担が軽減されているからだ。

また吉本の発言には、しばしば医師への不満、不信がみられる。たとえば『老いの流儀』のなかでは、次のように述べている。

鍼灸院や整体師や気功師などの民間療法は、患者が混み合って待ち時間が大変だけど、少なくとも繊細で丁寧です。患者の気持ちもよく分かっている。痛いところの精神的ケアもしてくれます。／身体を治すために、精神的に撫でるということは重要なことなんです。大病院の医師はできるだけ早く治療を済ませ、悪いところを検査して見つけることは丁寧にやってくれます。しかし、その病気とどうやって付き合ったらいいのかということについては、無知と言っていいくらいダメですね。整形外科の医師でも同じです。

医師という職業は、人の命を救うことを第一義に考えるよう教育され、訓練されている。医師にとって死は医療の敗北なのだ。だから軽症の患者より重篤な患者を優先する。医師は、一般には急性期医療に携わることを志し、慢性期医療を敬遠する傾向がある。対処療法よりも根治療法を目指す。多くの医師は多忙で、勤務医の有給休暇の消化率は他の職種より低い。「医者の不養生」とは本当で、おそらく平均寿命は他の職業に就いている人よりも短い。病院外来で、医者一人が診る患者が最も多いのは整形外科である。医師は医療のなかで頂点に立ち、絶対的な権力を持っている。たとえば処方権は医師だけにあって、薬剤師は誤りを指摘することはできても、処方を覆すことはできない。柔道整復師や鍼灸師などの施術は、公的医療保険への請求ができるが、施術の範囲が限られ、また医師の同意がなければならない。

私の知ることで、できるだけ吉本の不満、不信に即し、ランダムに医師という職業の特性を並べてみた。ことに大病院の医師にメンタル面でのケアまで求めるのは無理で、医師は日々殺到する患者のなかから、見落とせない患者をどう見つけるかに腐心している。一面では鈍感でなければやっていけない職業でもあるのだ。もっとも高齢社会の進展で慢性の病気をもつ老人が増えるなか、急性の病気を診ることを第一義とする医療とのあいだにミスマッチが起こっているのは事実である。このギャップを埋めるために病院では、近頃、老人科などを標榜する診療科をもつところも増えてきたが、まだその対応は鈍いといわざるを得ない。

4

『新・死の位相学』の巻頭に置かれた「内省記　溺体事故始末」は、伊豆・土肥の海岸で溺れ、東京の日本医大病院に移送され、退院するまでのひと月あまりの病床で書かれたメモをもとにいくらか手を加えたもののようだ。吉本隆明は伊豆での事故から、夏目漱石の修善寺の大患を連想し、漱石が吐血して重体に陥ったあと予後を養っているときに「思い出す事など」のなかで「四十を越した男、自然に淘汰せられんとした男、さしたる過去を持たぬ男に、忙しい世が、これほどの手間と時間と親切をかけてくれようとは夢にも待設けなかった余は、病に生き還ると共に、心に生き還った。余は病に謝した。また余のためにこれほどの手間と時間と親切とを惜しまざる人々に謝した」と書いたことを踏まえて次のように記している。

（……）わたしもこん度の溺体の体験で、肉親、近親から知人、未知の読者の反応の感じから、おなじことを言いたい気持がしないではない。しかしそう言ってしまえば、世間というのはひどいもんだと、身を固くして抗ってきた度々の、あまりひとには言えないじぶんの敵対感に済まない気がする。だから言わないことにする。だがこれを言わないとひどく心が痛むことも確かだ。（善意、悪意の表出された雰囲気には幾段階がある。）無償ということの重要さ。

ここには、思わずこちらが居ずまいを正したくなる、吉本の思想の特質に関わることが披瀝されていると感じる。軍国少年が戦後という時代に放り出され、独自の思想を形成していった過程からオウム真理教事件をめぐる発言に対する世間のバッシングに至るまで、さまざまな吉本隆明という思想家の相貌が浮かんでくる。この文章の冒頭で、私は新聞の吉本へのインタビュー記事に触発されて、近年の彼の老いや死についての発言を読んだと書いた。読むだけでなく、さらに感想めいた文章をつづりたいと思ったのは「内省記」のこの一節に拠っている。

さて、私が吉本の発言に関心をもった理由のひとつは、戦後六十年ほどの間に日本人の平均寿命が三十歳も伸びるという事態を、彼はどのように考えているだろうということだった。これは私が勝手に考えた設問だから、直接の答えは見当たらなくて当然だ。ただ間接的にならば吉本の死生観をうかがうことはできる。『老いの超え方』のなかで、彼は江藤淳の自殺に触れて、否定せず、はたからいうべきことではないと前提を置いたうえで、次のように発言している。

僕は、最初は目でしたが、だんだん身体が不自由になってきて、足腰も痛くなって、そうすると「何でおれは往生際悪く生きていく気になっているんだろう」と、自分でも何度もそういうことを考えたりしました。生きることのほうが、自分で自分を死なせるということの持つ自然さと比べてもっと自然だったら、往生際悪くしているのが自然にかなうのだろうと、内心はそう思っています。

吉本の発言として意外だとは思わない。ただ日本人の死生観とは、『平家物語』の壇ノ浦の合戦での平知盛の最期の言葉「見るべき程の事は見つ、今は自害せん」に代表されるような潔くも、美しく悲しいものではなかっただろうか。また吉本の友人の鮎川信夫は、亡くなった後で知ったことだが、国民年金にも国民健康保険にも加入せず、医者にもほとんどかかったことがなかった。その死を、なにか横死に近いような生に執着しない死であったという印象が残っている。さらに紀州、四国に「隠遁」した小山俊一は、「自己欺瞞なき死」を切望して、晩年はほとんどものを書かず、散歩と読書の日々を送り、死に親和する生活を続けたと思える。これまでのわが国の文学者、思想家のなかで、往生際悪く生きるのが自然と言い切った人は、私のなかでは記憶がないのだ。

この往生際悪く生きることと関わって、吉本は臓器移植の問題に疑義を呈している。まだ肉体的な死を迎えていない人の臓器を、免疫性が合致するだけで他人に移植し延命させることが医学といえるか、移植を承諾した家族、移植を受けた人の精神的なケアはできるのかと問うている。

また安楽死（おそらく尊厳死の問題が混在していると思われる）の問題についても、「生きている限り生きる、はたの人が納得する限りは生きる努力をするということ」（『老いの超え方』）だと述べている。さらにホスピスの問題については「年寄りを安楽に死なせてあげるというだけの話」（『生涯現役』）として一蹴する。それは、ナチスが優性思想として精神障害者、知的障害者、同性愛者らを安楽死に導いたこととどう違うのかと述べている。もっとも本来ホスピスとは、老人よりもがん末期などの患者の疼痛を和らげることを目的とした施設で定義の仕方に問題があるとは思うが、吉本の趣旨は理解できる。安楽死にしろ、ホスピスにしろ、宗教的背景の違う西欧風の理念をわが国にあてはめることに懸念を抱いていると思えるのだ。

こうした吉本の発言から類推できることは、現在では、人倫的な共通感覚としての死生観というものはなく、死生観という個人に属する問題に口出しはできないと言いそうなことだ。しかし私は、やはり「ご長寿早押しクイズ」に出てくる老人たちの死生観を喪失してしまったかのようなへらへら笑いが気になるのだ。彼らの顔は「いい顔」をしているとはいえない。私たちは、戦後六十年ほどの間に平均寿命が三十歳も伸びる時代を生きている。ところが戦後という時代は、それに見合うだけの生を準備してこなかった。それだけでなく死を隠蔽してきたのではなかったか。私たちは、戦後というのっぺりとした明るさだけの社会で、生かされてきたのではないか。

そのことを思うとなにか暗然たる気持ちに傾いていくことをとどめることができないのだ。

追記

本稿は「樹が陣営」第三十二号に掲載されたが、当然、発行日と原稿を渡した日とはタイムラグがある。この原稿は二〇〇七年三月以前に書いた。私の母は、三月下旬、入所していた東京・新宿区内のショートステイで誤嚥性肺炎を起こし、翌年六月に死去した。その経緯について、当時、落合佑介のペンネームで連載していた「健康保険」の「医療エトセトラ」というコラムで「母の死前後」(二〇〇八年七月号)という文章を書いた。次に再録する。

私の母が死んだ。九十二年と八カ月の生涯だった。母は昨年三月、入所していたショートステイで誤嚥性肺炎を起こし、入所先近くの急性期の病院に入院。胃瘻(ろう)の処置を受け、症状が安定してから、郊外の介護保険適用の療養病床に転院し、そこで亡くなった。

高齢で寝たきり状態だったから、医学的にいえば認知症が進んだことになるだろうし、事実、意識が混濁することがあった。けれども最期まで自分が今どういう状態にあり、見舞いに来ているのが誰であるのかを認識していたと思う。それは、私たち姉弟、家族が交代でつけた日誌でも分かる。

まだ急性期の病院に入院していたころ、重篤な状態を脱したあとのことだが、妻が見舞いにいくと、母が両手をあわせ次のような独り言を言ったことを書き留めている。

お父さん、お母さん、私を早く死なせてください。この世に何も用はありません。そうはいかないのでしょうか。お父さん、お母さん、お願いします。わがままでしょうか。早くあの世へ行きたい。どんな世界か知らないのです。好奇心ではないのです。早くあちらでお会いしたいです。お父さん、お母さん、ご厄介になります。新しくそちらでよろしくお願いします。

このこととほぼ同じことを、別の日に見舞いに行った私も聞いた。また姉には、いつまでもこんな状態が続くなら「のどをかき切って死にたい」とも言ったという。療養病床に移ってからの日誌にも、しばしば「みんなに迷惑をかけるから早く死にたい」と言ったというたぐいの言葉が出てくる。

誤嚥性肺炎で重篤な状態にあったとき、意識を回復した母は、集まった私たちひとりひとりに言葉をかけた。孫たちには「しあわせになるのよ」、「しっかり仕事をするのよ」と言い、私には「みんなを守ってね」とはっきりと自分の死を意識したことを言った。その母が、なお一年三カ月生き延びた。

口から栄養をとることを医師から認められないまま、私たちは母に、少量のお茶を飲ませ、プリンを、ゼリーを、そしてあんこも食べさせた。そうでもしなければ、母が生きている意味を私たちが見いだすことができなかったからだ。そして梅雨のある朝、母は心停止、呼吸停止の状態に陥った。心肺蘇生の処置がとられ、私たち家族が見守るなか亡くなった。その死顔を見ながら口を衝いて出てきたのが、三橋鷹女の俳句「白露や死んでゆく日も帯締めて」だった。

少し補足する。母は最初に入った病院で、誤嚥性肺炎で口から食物を摂ることができないため、医師から胃瘻の処置をするように勧められた。胃瘻とは腹壁を切開し、直接、管を通して胃の中へ食物など入れる処置だ。急性期の病院では、入院から三カ月を過ぎると病院への報酬が減り、経営が成り立たなくなる。これはいわゆる社会的入院を防ぐためにできた仕組みなのだ。なぜ病院が胃瘻を勧めるかといえば、慢性期の病院に受け入れてもらうために、この処置が必要になるからだ。自宅にもどすこともできるが、私たち夫婦には現実的ではない。胃瘻という処置は、本来は口から食物が摂れるまでに回復することを前提にする処置だ。けれども実際には回復する見込みのない多くの老人が胃瘻の処置を受けている。その数、四十万人ともいわれている。医師のなかにも、回復の見込みのない胃瘻の処置をとることに疑義を持つ人が出てきている。母の意思を容れるか、私たちの希望を優先するか。結果として、私たちの希望を優先させた。母は私たちの前では、最後まで意思の疎通がとれたので、それでよかったのだと思うようにしている。

註　この原稿を書いた二〇〇七年当時、六十五歳以上の総人口に占める割合は二一・五％。二〇一三年には二五・〇％となった。

（「樹が陣営」第三十二号［二〇〇七年八月］　追記　二〇一四年二月）

私のなかの戦後思想――あとがきに代えて

思潮社は「詩の森文庫」の創刊を期して、二〇〇五年二月号の「現代詩手帖」で「詩の森文庫入門から専門へ」という特集を組んだ。その折、私も原稿依頼を受け「私のなかの戦後思想」というエッセイを書いた。それは本書の成り立ちと関わるので、いくらか文章を整理して、ここに再録する。

若い頃に読んだ本の影響は決定的でその人の一生を決める、とは私は思わない。五十代半ばになった今でも、私はさまざまな本から示唆を受けるし、これからもさまざまな影響を受けるだろう。それらによって若い頃の読書から受けた影響が、修正され批判され否定されることもしばしば起こるし、これからも起こりうると思う。しかし若い頃の読書がどのようなものであったにしろ、私という人間の精神形成にとってかけがえのないものだった、格別なものだったという事実は変更のしようがない。

しばらく前から、私は自分の若い頃に強く私を捉え、思想的な影響を受けた人たちの読書を振り返って、今その人たちの影響をどう考えているかについて書いてみたいと思っていた。この「若い頃」と「影響を受けた人たち」とは、もう少し厳密に言わないと分からないだろう。若い頃とは、私の場合、十代の終わりの大学入学時から三十代のはじめ、「ＳＣＯＰＥ」という同人詩誌をはじめるまでの十三、四年間をいう。高校時代、たとえば太宰治や坂口安吾などをよく読んだがこれは除外する。また私たちが「ＳＣＯＰＥ」をはじめてからは、ことに上久保正敏と野沢啓によって、ボードリヤールやリオタール、市川浩や丸山圭三郎、井筒俊彦などといった人たちを知り、私の読書の視野が一挙に拡がったがこれも除外する。

影響を受けた人たちということで言えば、たとえばマルクス・エンゲルス、フロイトなど。『資本論』などという大著はとても読破できなかったが、『ドイツ・イデオロギー』や『経済学・哲学草稿』、『フォイエルバッハ論』や『家族・私有財産・国家の起源』などに今でも私は愛着をもっている。また学生時代の後半、日本教文社版の『フロイト選集』を、毎日ページ数をきめて読んだ。『夢判断』や『精神分析入門』だけでなく『ヒステリー研究』や『芸術論』などが印象深く記憶に残っている。しかしこれらの思想家は私の考えている趣旨からははずれる。また保田與重郎や小林秀雄といった、戦前にはっきりとした業績を残し、評価を受けた人たちも除外する。わが国の戦後という時代に生まれ、今も私のなかに生き続けている思想について語りたいと思ってきた。だが書き出すきっかけがつかめずに、私のなかの思想家のリストは書いては消し、書いては消しされてきたのだ。

一昨年、私は紀州の詩人倉田昌紀と知りあいになった。彼は私の関心のある市井の哲学者（ほかに適切な呼び方が思い浮かばないので、こう言っておく）小山俊一と親交があり、また小山が倉田氏に宛てた書簡や通信を集めて編集した本（『私家版・敬愛する人からの手紙　小山俊一書簡』）もある。倉田氏と何度か連絡を取り合っているうち、彼から小山の晩年の日記や本の抜書きノートなどのコピーを貸与してもらう機会に恵まれた。

小山俊一は、後半生の二十年近く、東京を離れ、紀州、四国に「隠遁」し、「自己欺瞞なき死」を生きようとした。小山の日記は、一日数行の簡潔なもので、毎日自らに課した散歩と読書、また身辺の記録が記されているが、「自己欺瞞なき死」を実践しようとした思索のあとがくっきりとみてとれる強い印象を残す日記だ。その日記を読んでいるうちに、かつて読んだ小山の著作を再読したくなり、再読しているうちに小山が隠遁した場所を訪ねてみたくなったのだ。折から倉田氏が紀州に来ないかと誘ってくれている。彼の誘いに応じて訪ねた紀州で、私は小山がそこで出会ったものとその思想が深く絡まり合っていることを実感した。

私はそのことを書きたいと思った。だが亡くなって十数年経ち、小山のことを知る人は少ない。発表するからには、できれば小山を知っている読者がいる可能性が少しでも高い雑誌にしたい。あれこれ考えているうちに、ふと佐藤幹夫の発行する「樹が陣営」（第三十三号から元の誌名「飢餓陣営」に復した）が頭に浮かんだ。「樹が陣営」は、吉本隆明の「試行」、村上一郎、桶谷秀昭の「無名鬼」、北川透の「あんかるわ」などの直接購読制を雑誌運営の基本とする発行形態の「自立誌」だ。ただし佐藤氏が掲載を了承してくれるかどうかは別の問題だ。私は彼に連絡して、おそるおそる小山論を書きたい旨を申し出た。すると彼は、小山だけではなく「戦後思想家論」とでもいうべきものを連載で書いてみないかと言ってくれたのだ。これは私には願ってもないことだった。

倉田氏が貸与してくれた小山の日記類がきっかけで、私のなかの思想家リストはようやく明瞭な輪郭をもつようになった。

私は「戦後思想私記　『自己欺瞞』の構造——一九七二年　小山俊一ノート」を書き、それは「樹が陣営」第二十七号（04年6月刊）に掲載された。連載をはじめるにあたって、私が佐藤氏に送ったリストをさらに現段階で修正したものを記してみる。

花田清輝、竹内好、小山俊一、大西巨人、鮎川信夫、谷川雁、橋川文三、吉田満、三島由紀夫、吉本隆明、桶谷秀昭、田川建三（順不同）

戦後思想について書こうとする時に、ニュートラルを期すことはないし、そのことに意味があるとも思えない。しかしこのリストの大半は文学者で占められている。しかも私の関わる詩のジャンルから三人も入って、アカデミズムとしての哲学、経済学、社会学、科学などといった分野の人たちは皆無だ。改めて思うことだが、私の読書には大きな偏りがあったことを認めざるを得ない。そのためもあって、タイトルを「戦後思想私記」としたが、これはだれかに読んでもらいたいというよりも、まずなにより自分自身を確かめるために必要だった。まだ連載をはじめたばかりでこうしたことを書き記すのは、かつて影響を受けた私の考える「戦後思想」を、現時点でどう読み解くかという難問を私が中途で放棄することがないようにするためだ。

＊

さて、思潮社から「よき入門こそよき専門に通じる」ことをコンセプトに、「詩の森文庫」シリーズの刊行が今年の初めに開始された。いずれも詩の入門書といってよい性格の本で、これだけ一挙に入門書が刊行されたのは、おそらく初めてだろう。ところで詩の書き手は増えているのだろうか。今、私が持っているもっとも古い「現代詩手帖」は一九七六年のものだが、その一年間と直近の一年間の投稿者の数を比較すると明らかに増えている。ネット上の詩も含めれば、詩をめざす人たちは、私が十八歳の時に刊行が開始された「現代詩文庫」シリーズの頃よりも増えているはずだ。しかしそれは詩に携わるものとして、ただ喜んでいてよいものだろうか。この十冊の入門書は、敷居を低くして、どこから入っても専門に通じるように親切にできている。つまり詩は書くけれども、他人の詩は読まない詩をめざす人たちが増えているからこそ、こうした企画が必要になったということなのだろう。

私たちが学生の頃は、こんなに親切ではなかった。私が大学の終わりの頃には、五十冊以上の「現代詩文庫」が出ていたが、それらの一冊一冊は決してやさしいものではなかった。にもかかわらず、それらが詩を書く若者だけでなく、一般の学生にまで浸透していたという事実は、全共闘運動から連合赤軍事件に至る七〇年前後のぎしぎしとした時代と大きく関わっていただろうが、どうもそれだけでは説明ができない気がする。一般の学生が天沢退二郎のことを「アマタイ」と呼び、鈴木志郎康を「シロヤス」と言ったことは、知的虚栄心抜きには考えにくいことだ。私はこの虚栄心を悪いことに考えない。肩肘をはり、爪先立つことによっても詩は理解され得るのだ。

この「詩の森文庫」シリーズ十冊のなかには、私が「戦後思想私記」で論じたいと考えている三人の詩人、谷川雁の『汝、尾をふらざるか』、吉本隆明の『際限のない詩魂』、鮎川信夫の『近代詩から現代詩へ』が収められている。前二著は、それぞれの著作からの抄録、また鮎川のものは『詩の見方——近代詩から現代詩へ』を元版として、序論にあたる「詩の見方」及び後半の「戦後の詩人Ⅰ」、「戦後の詩人Ⅱ」及び「戦後の詩論」が割愛されたものだ。三人の詩人のそれぞれについて、この「詩の森文庫」（鮎川については元版の『詩の見方』による）で他の二人はどう評価したのか。

谷川雁について鮎川信夫は「インターナショナリズムなど毫も信じないこの詩人は〈原点〉から汲みあげた強い抵抗のエネルギーをもって、〈近代〉との全面的な戦いを開始したのであろう。マルクスとかヴァレリーはそのための武器にすぎまい。私は、彼の書くすべての作品に、トインビーのいう「西欧の武器で西欧と戦った最初のアジア人」の子のしるしを見ないわけにはゆかない。／西欧文化の絶えざる圧迫下にあるわが国の詩人、文学者、芸術家たちにとって、彼の作品が解毒剤的役割を果たすことはすでに実証されている。彼等にとって谷川雁を発見したことは、思いがけない自己発見に通ずる」と書いた。

吉本隆明について谷川雁は「マチウ書試論」のなかの「関係の絶対性」に着目する。吉本がこの認識に至った過程には、戦争という大きな事件がはさまっている。谷川は「選択の自由をもたず、その意味で外界との接触をもたない、形なき牢獄の囚人が牢獄を意識すること、それが関係の絶対性という言葉」だとして「彼にとって、関係の絶対性とは眼の前にあるものをたおすということだ。ただそれだけに自己を限定することだ。だが彼が初期の評論において、その後の彼の道を暗示しているのはあたりまえの話にすぎない。私の寒気というのは、彼がそのなかで意識しようとしまいと原始キリスト教に仮託された自分自身をまず断罪し、断罪することによって正当化しておかねばならなかったという事実である。「原始キリスト教の苛烈な攻撃的パトスと、陰惨なまでの心理的憎悪を、正当化しうるものがあったとしたら……」という設問に彼は答えねばならなかった」と述べた。

鮎川信夫について吉本隆明は、鮎川の『難路行』解説の結語で、この詩集が「〈赦し〉の詩集」であったとして「鮎川信夫がここで取り違えたのは、実生活と修辞的な世界とであって、実生活上のやさしく親切だった鮎川信夫が、修辞的な世界に移行し、修辞的な世界のきびしさが実生活に移行したのだ、というように。そして実生活に移行したはずのこの修辞的なきびしさは、突然の死によって象徴させるほかに、どこにも行き場所がなかったような気がする。彼の最後の抒情詩の〈赦し〉の雰囲気はとりもなおさず、〈死〉の影にほかならないとおもえる」と言った。

いずれも卓見であって、これらは今読み返してみても、その洞察の鋭さに感服させられるのだ。私の若い頃に、谷川雁、吉本隆明、鮎川信夫というそれぞれ異なるベクトルをもつ思想に魅かれたとしても、何も不思議ではなかったのだ。私は自分の読書の偏りを認めたが、それは私が「詩を書く少年」だったからなのか。

一例を挙げる。学生時代、私は廣松渉の書いたものを読み通せたことがない。彼の書いたものをはじめて通読したのは『〈近代の超克〉論』で三十代半ばを過ぎていた。それは竹内好の「近代の超克」が「京都学派」第二世代（西谷啓治、鈴木成高、高山岩夫、高坂正顕）を過小評価しているという不満から書き起こされているのだが、読みながら、なぜ学生時代読みづらかったのか分かった。文体が生硬だということだけではなく、その思想の述べかたにある粗笨さを感じたからだ。

若い頃の私の読書の偏りは、わが国のアカデミズムのなかの「思想」と呼ばれるものが、世界に開かれていたのではなく、書斎に閉じこもっていたことを身体的に知っていたからではないのか。私にとってそれは、いかにも貧困で魅力に乏しかった。それに比べれば、私が自然発生的に選びとった詩（文学）の世界が、はるかに魅力があり、結果的にはその欠落を補って「思想」を代替するものであったからではないのか。そうであるならば、私の読書の偏りもいくらか正当性があったことになるだろう。

補足しておきたい。私がこの「思想家リスト」に記したなかで、花田清輝、大西巨人、橋川文三、吉田満の四人については本書のなかに入れることができなかった。花田清輝については「復興期の精神」、大西巨人については『神聖喜劇』、橋川文三については『日本浪曼派批判序説』、吉田満については『戦艦大和ノ最期』を中心に論じてみたかったのだが、私の怠慢で書くことができなかった。これらの人たちも、私という人間の精神形成にとって貴重な経験をもたらしてくれたことは言うまでもない。

もうひとつ、廣松渉の『〈近代の超克〉論』の述べかたに「ある粗笨さを感じた」と書いているが、どういうところにそれを感じたかを言っておかなければフェアではならないだろう。彼は座談会「近代の超克」のなかで、人間の精神と機械文明との関係を、津村秀夫、鈴木成高、河上徹太郎、小林秀雄、林房雄、下村寅太郎がいくらか噛み合わない発言しているくだりを紹介して「我が文芸家諸氏は、機械文明を必ずしも侮蔑しているわけではない。況んや、B29に竹槍で立ち向おうという式の精神主義を説いているのでもない」と述べている。私が「やっぱりなあ」と思ったのは、「B29に竹槍で立ち向おうという式の精神主義」という言いかただ。戦後、日本人はアメリカとの本土決戦を竹槍で戦おうとした自分たちをこんな風に自嘲した。廣松もまたこういう言いかたで、あの戦争を語ろうとしたのだ。戦争の是非を問わず、本土決戦を竹槍で戦おうとした多くの日本人がいた。もう少し言えば「B29に（搭載された近代戦の最終兵器としての原爆に、モンスーン地域にはどこにでも自生する武器とも呼べないほどの）竹槍」で立ち向かおうとしたのだ。私たちの先達は、すでに勝敗の次元が異なる戦いを遂行しようとしたのだ。廣松ならば、原爆と竹槍の対比を精神主義と言うだろうが、私はイロニーと呼ぶ。

私が「樹が陣営」に本稿を連載しはじめた時、タイトルを「戦後思想私記」としたが、これは、なによりも戦後思想から受けた影響を確かめるための私記である。ただ言視舎の杉山尚次氏は「人はなぜ過去と対話するのか――戦後思想私記」というタイトルを提示した。たまたまその直後、水島英己氏が「現代詩手帖」の詩書月評で、何冊かの詩集とともに拙著『果無』を取りあげて、ハンナ・アーレントの『思索日記1　1950-1953』のなかの言葉「過去は死なない。過ぎ去ってもいない」（"The past is never dead.it's not past"）を引用して論じてくれた。これはフォークナーの『尼僧への鎮魂歌』の第一幕のスティーブンスの台詞だそうだ。

私は一九六九年、大学に入学した。そのころは全国の諸学園闘争、全共闘運動がもっとも高揚した時期であった。ただ全共闘運動は過激化し、三年も経たないうちに連合赤軍事件を招来してしまった。私たちはあまりにものりしろのない闘いをやってしまったのだ。そのころに出会った思想と、全共闘体験は私のなかで不可分に結びついている。あれから四十年以上経ってしまったが、それらは死んでいないし、過ぎ去ってもいない。私は今日に至るまで、そのころに私が出会った思想と対話し、全共闘の意味を考えてきた。私は杉山氏の「人はなぜ過去と対話するのか」をという問いかけに対し、水島氏の引用した「過去は死なない。過ぎ去ってもいない」という言葉によって、その答えをもらったと思った。

くりかえすが、この私記はまず私のために必要であった。とはいえ、もちろんコミュニケーションを求めて書いてもいる。僭越ながら、未知の若い人たちにこの私記が届くように願っている。出版を快諾して下さった杉山尚次氏、また雑誌連載の時から励まし、出版の仲介の労をとってくださった佐藤幹夫氏に感謝申し上げる。

二〇一四年二月二十八日

近藤洋太

近藤洋太（こんどう・ようた）
1949年福岡県久留米市生まれ。中央大学商学部経営学科卒業。著書に詩集『水縄譚』『水縄譚其弐』『筑紫恋し』『果無』など、評論集『矢山哲治』『反近代のトポス』『戦後というアポリア』『保田與重郎の時代』などがある。現在、日本大学芸術学部文芸学科講師。

編集協力………田中はるか
DTP制作………勝澤節子

人はなぜ過去と対話するのか
——戦後思想私記

飢餓陣営叢書8

発行日❖2014年4月30日　初版第1刷

著者
近藤洋太
発行者
杉山尚次
発行所
株式会社言視舎
東京都千代田区富士見2-2-2 〒102-0071
電話 03-3234-5997　FAX 03-3234-5957
http://www.s-pn.jp/
装丁
菊地信義
印刷・製本
中央精版印刷㈱

ISBN978-4-905369-85-1 C0395